百年革命家书

（二）

中华书局编辑部 编

中 华 书 局

图书在版编目（CIP）数据

百年革命家书. 二/中华书局编辑部编. —北京：中华书局，
2023.7
ISBN 978-7-101-16261-5

Ⅰ.百…　Ⅱ.中…　Ⅲ.革命烈士-书信集-中国　Ⅳ.I266

中国国家版本馆 CIP 数据核字（2023）第 108857 号

书　　名　百年革命家书（二）
编　　者　中华书局编辑部
责任编辑　欧阳红
装帧设计　毛　淳
责任印制　陈丽娜
出版发行　中华书局
　　　　　（北京市丰台区太平桥西里 38 号　100073）
　　　　　http://www.zhbc.com.cn
　　　　　E-mail:zhbc@zhbc.com.cn
印　　刷　三河市中晟雅豪印务有限公司
版　　次　2023 年 7 月第 1 版
　　　　　2023 年 7 月第 1 次印刷
规　　格　开本/710×1000 毫米　1/16
　　　　　印张 15　插页 2　字数 150 千字
印　　数　1-5000 册
国际书号　ISBN 978-7-101-16261-5
定　　价　58.00 元

出 版 说 明

　　本书所选书信一共有 45 人，含中国共产党成立以来革命英烈写给家人的信件和遗书，每封书信包含作者介绍、家书原文、家书背景等，旨在通过革命英烈的家书和家书背后的革命故事，让读者体会到这些家书展示出的理想信念和家国情怀。其中，有一封续范亭写给党中央和毛泽东的书信，内容感人、人物故事独特，也一并收录；个别人则收录了两封家书。

　　本书按照书信的写作时间顺序编排，每封家书的标题均摘自家书原文，后面附注家书的公历写作时间。由于时代变迁及家书作者文字水平各异，家书中一些表述与当下语言习惯存在差异，出版时尽量保持家书原貌不做改动，仅对明显讹误予以订正。必要的地方用（　）做简注。错字后用〔　〕括注正确的字，衍字、缺字以〈　〉表示或括注补字。

中华书局编辑部

2023 年 5 月

目 录

1 "我确信我们的主张是能实现的"

（俞秀松致父亲，1923 年 7 月 31 日）

筚路蓝缕，以启山林，说的是创业的艰辛。作为中国共产党最早的党员之一，俞秀松早早离开家乡，积极走上救国救民的道路，足迹遍布杭州、北京、上海、广州、新疆等地，为建党、建团、军事、统战事业奔波。他那漫长的足迹，对国家命运的深深思考，对故乡和父母亲人的思念和关心，都化作了书信中滚烫深情的文字，至今仍感动着每一位读者。

俞秀松（1899—1939），又名俞寿松，字柏青，曾化名王寿成，是中国共产党早期杰出的革命活动家。浙江诸暨人，出生于当地的一个农民家庭。俞秀松的父亲俞韵琴是清末秀才，开明进步、支持改革、急公好义，致力于地方教育事业。俞秀松的名和字中包括松、柏，体现了家人对他的期待：茁壮成长，做一个挺拔坚韧的人。在父亲的熏陶下，俞秀松自小好学、关心社会，1916 年考入浙江省立第一师范学校读书。1919 年，他参加五四运动，接受进步思想，领导了杭州的学生运动。五四运动后，为了进一步宣传反帝爱国思想，俞秀松和宣中华等人发起，出

俞秀松

版《双十》半月刊，后改名《浙江新潮》。

1920 年，俞秀松赴北京，参加工读互助团、北京大学马克思主义研究会。参加中国共产党上海发起组，成为中国共产党最早的党员之一。为了更广泛地向工人群众宣传马克思主义，党的上海发起组创办了以工人阶级为读者对象的《劳动界》周刊，俞秀松参加了编辑工作。周刊用通俗易懂的语言，生动的事例，向工人进行马克思主义基本知识的教育。8 月，俞秀松参与筹建中国社会主义青年团，担任首任书记。1921 年 3 月，俞秀松受青年共产国际的邀请并代表中国社会主义青年团，赴莫斯科出席青年共产国际第二次代表大会，联系派送一批青年赴苏俄学习事宜并到莫斯科东方大学学习。1922 年回国后，俞秀松在浙江从事建党建团工作，出席中国社会主义青年团第一次全国代表大会，并当选为第一届团中央执行委员。不久赴福州、广州协助孙中山从事军事斗争。

1925—1932 年间，俞秀松先后在莫斯科中山大学、列宁学院学习、任教。1935 年回国后，主要致力于统战工作，出任新疆民众反帝联合会秘书长等职。

1939 年 2 月 21 日，牺牲于苏联，时年 40 岁。1962 年 5 月 15 日，俞秀松被追认为烈士。

父亲：

　　许久没有接到家信，难道我从前寄家寄县的信都没有寄到么？在我长期间没有接到家信，母亲及诸弟妹都平安如常吗？自是十分记念。我前因痢疾来省调治，现已痊愈，拟八月五日仍赴博罗总司令部。

　　家中字平陆侨才么？我虽在不常帮助父亲之艰难，心中常的不安；但我不能将那般挣扎在死线的人们顾全得无微不至，一时说是不能够的，故一定先以自己之工作为个何何的能够尽利益之一端帮诸。

　　父亲，我自幼感受社会上种种苦痛，更不忍看不平世间的情形，苦痛我更苦痛的许多人半的皆是不得不应战这样种：苦痛的根源，的在事界上活动，暂时自己与诸友些苦痛；达成，吾们使行吾们的主张是都实现的，使了解脱了苦痛而坐于新鲜快乐的境地。

　　　　　　　　　　　　　　　　　　　　　　俞秀松 1923年

俞秀松致父亲　1923年7月31日

父亲：

　　许久没有接到家信，难道我从前寄家寄县的信都没有寄到么？在我长期间没有接到家信，母亲及诸弟妹都平安如常吗？自是十分记念。我前因痢疾来省调治，现已痊愈，拟八月五日仍赴博罗总司令部。

家中今年经济如何？我现在不曾帮助父亲负担多少责任，心中颇为不安；但我不能如那般醉迷做官发财的人同流合污去敲诈民财，一时确是不能帮助。如此，我一定要以自己工作所得报酬的钱，将来总可接济若干。

父亲，我自己感觉在社会上种种苦痛，并且感觉着社会上和我们同样苦痛或更苦痛的许多人，驱使我的良心不得不去打破这种种苦痛的根源，决计此后在军界上活动，暂时自己只可忍受些苦痛。有志者事竟成，我确信我们的主张是能实现的，使中国人大家脱去苦痛而登于和爱快乐的境地。

儿秀松

1923 年

这是俞秀松于 1923 年 7 月 31 日在广州，写给父亲的家书。当时俞秀松正参加讨伐陈炯明叛乱的斗争，并于 1923 年 6 月抵达广东博罗县境。在此期间，俞秀松因患痢疾到广州调治，病愈后许久未接到家信，非常惦念，于是给父亲写了这封信。

在信中，俞秀松询问了家中的经济状况，对自己不曾帮助父亲分担家庭责任而感到不安。即便如此，他仍告诉父亲："我不能如那般醉迷做官发财的人同流合污去敲诈民财"，将来"一定要以自己工作所得报酬的钱"去接济家里，生动地体现了一名共产党员清正廉洁的崇高品德。

俞秀松还告诉父亲，包括自己在内的许多人正遭受着社会上的种种苦痛，这驱使他去"打破这种种苦痛的根源"，立志从事军事斗争。他坚信有志者事竟成,"我们的主张是能实现的,使中国人大家脱去苦痛而登于和爱快乐的境地",体现了一个无产阶级革命者崇高的革命志向和革命必胜的信念。

"培植一生为国用,平安两字作家书",这副对联出自诸暨书法家何蒙孙之手,是他给儿子的寄语。俞秀松的父亲也给俞秀松读过这幅对联,寄托着同样的殷切期望。而俞秀松用二十多封炽热的家书和一生的革命事业,回应了父亲的期待。

俞秀松烈士纪念碑

2 "天下兴亡，匹夫有责"

（关向应致叔父，1924年底）

辽宁省大连市金普新区向应街道关家村关向应故居旁边，有一棵百年国槐，这是关向应少年时和父亲一起种下的，如今每年来此地瞻仰的人络绎不绝。

关向应

关向应（1902—1946），满族，原名关治祥，字和亭，出生于辽宁省金县大关家屯一户农民家庭。1920年，进入大连伏见台公学堂商科学习，积极参加反日爱国运动。1924年，加入中国社会主义青年团。同年赴上海，进入上海大学学习，后改名关向应，志在响应主义之召唤，并为之奋斗。同年底，受党组织派遣赴苏联学习。

1925年，关向应在苏联加入中国共产党。五卅运动爆发后，奉调回国，先后在上海、山东、湖北、河南等地从事党团工作。1928年，在中共六大上当选为中央委员，会后又当选为中央政治局候补委员，并任共青团中央书记。1930年，任中共中央军事委员会书记、中共中央长江局军委书记。1932年，任中共湘鄂西中央分局委员、湘鄂西军事委员会主席、中国工农红军第3军政治委员。1934年，任红二军团副政治委员。同年夏，在中共鄂西分局会议（史称枫香溪会议）上，关向应严肃批评了当时存在的"左"倾错误，与贺龙在建立根据地等问题上达成一致意见。该会议把濒临绝境的红三军从"左"倾错误的危害中挽救出来，也让贺龙真正认识了这位中央派来的政委，贺关二人相互了解、取长补短、相得益彰，创造了我党我军历史上高级干部肝胆相照、精诚团结的光辉典范。

1936年，关向应任红二方面军副政治委员，同张国焘分裂党、分裂红军的活动进行了坚决斗争。随后任中共中央革命军事委员会委员、红二方面军政治委员。1937年全民族抗日战争爆发后，任八路军120师政治委员，晋西北军区、陕甘宁晋绥联防军政治委员及中共晋绥分局书记等职。与贺龙等率120师主力，东渡黄河，进入山西。1937年10月，120师在关向应与贺龙的指挥下，在雁门关伏击日军汽车队，粉碎了日军两条交通补给线。1945年，在中共七大上当选为中央委员。1946年7月，病逝于延安，时年44岁。

关向应致叔父　1924年底（一）

关向应致叔父　1924年底（二）

叔父尊前：

谕书敬读矣。寄家中的信之可疑耶？固不待言，在侄写信时已料及家中必为之疑异，怎奈以事所迫，不得不然呵。侄之入上海大学之事，乃系确实，至于经济问题，在未离连以前，已归定矣，焉能一再冒昧？当侄之抵沪为五月中旬，六月一日校中即放暑假，况且侄之至沪，虽系读书，还有一半的工作，暑假之不能住宿舍耶，可明了矣。至于暑假所住之处，乃系一机关，尤其是秘密妄机关，故不恣妄往还信件，所谓住址未定，乃不得已耳。

至侄之一切行迹，叔父可知一二，故不赘述。在此暑假中，除工作外，百方谋画，始得官费赴俄留学，此亦幸事耶。侄此次之去俄，意定六年返国，在俄纯读书四年，以涵养学识之不足，余二年，则作实际练习，入赤俄军队中，实际练习军事学识。至不能绕道归家一视，此亦憾事。奈事系团体，同行者四五人，故不能如一人之自由也，遂同乘船车北上，及至奉天、哈尔滨……等处，必继续与家中去信。抵俄后若通信便利，当必时时报告状况，以释家中之念。

侄此次之出也，族中邻里之冷言嘲词，十六世纪以前的人，所不能免的。家中之忧愤，亦意中事。"儿行千里母担忧"之措词，形容父母之念儿女之情，至矣尽矣。非侄之不能领晤〔悟〕斯意，以慰父母之暮年，而享天伦之乐，奈国将不国，民将不民何？"天下兴亡，匹夫有责"，爱本斯义，愿终身〔生〕奔波，竭能力于万一，救人民于屠〔涂〕炭，牺牲家庭，拼死力与国际帝国主义者相反抗，此侄素日所抱负，亦侄唯一之人生观也。

以上的话并非精神病者之言，久处于……①出外后之回想，真不堪言矣。周围的空气，俱是侵略色彩，黯淡而无光的，所见之一切事情，无异如坐井观天。最不堪言的事，叔父是知道的，就是：教育界的黑暗，竟将我堂堂中华大好子弟，牺牲于无辜之下，言之痛心疾首！以上是根据侄所受之教育，来与内地人比较的观察，所发的慨语！叔父是久历教育界的，并深痛我乡教育之失败，也曾来内地视察过，当不至以侄言为过吧。

临了，还要敬告于叔父之前者，即是：侄现在已澈底的觉悟了，然侄之所谓之觉悟，并不是消极的，是积极的，不是谈恋爱、讲浪漫主义的……，是有主义的，有革命精神的。肃此，并叩金安

侄向应禀
（改名向应）

成顺叔父尊前：

代看完交成羽叔父，肃此敬请
金安

侄向应禀

家中还恳请叔父婉转解释，以释念。

这是关向应于1924年底去苏联学习之前，写给叔父的家书。

在信中，关向应告知叔父他在上海的行踪及将赴苏联留学之事，为自己不能"慰父母之暮年，而享天伦之乐"感到遗憾和

---

① 此处涂掉二十余字并有旁注："这一段不能明写，领会吧！"

愧疚。但他不得不离开家乡，因为在大连的时候便感受到"周围的空气，俱是侵略色彩，黯淡而无光的，所见之一切事情，无异如坐井观天"，尤其是"教育界的黑暗"，"最不堪言"。面对这种"国将不国，民将不民"的危局，他愿终生奔波，牺牲家庭，反抗帝国主义。这是年仅 22 岁的关向应的抱负，也是他唯一的人生观。正是由于这"唯一之人生观"的引领，关向应在之后的革命岁月中忘我地工作，直至生命的最后一刻。

关向应在延安去世后，毛泽东题写挽联："忠心耿耿，为党为国，向应同志不死。"2009 年，关向应被中共中央宣传部、中共中央组织部等部门评为"100 位为新中国成立作出突出贡献的英雄模范人物"。

关向应纪念馆

3 "在行动中去学习，在学习中去行动"

（柳直荀致弟弟，1927 年 3 月 29 日）

湖南省长沙县高桥镇中南村方田冲有一座建于清光绪年间的砖木民宅，大门上尚遗留"黄棠山庄"四个大字，另有门联曰："厚德载福，和气致祥。"这里即是柳直荀烈士故居，2000 年被定为长沙市文物保护单位。

柳直荀（1898—1932），又名柳克明，生于湖南省长沙县，自幼在祖父身边读书。1912 年进入长沙广益中学，1916 年考入长沙雅礼大学预科。在长沙读书时，他住在杨昌济家中，在杨家他不仅得到杨昌济的着意爱护，还结识了毛泽东、蔡和森、何叔衡等人。受到新文化、新思想的影

柳直荀

响，柳直荀开始投入反帝反封建的爱国学生运动。五四运动兴起后，他参加了重组湖南学联的工作，并被选为省学联领导成员，参与领导"六三"省会各校总罢课的斗争。为了推动校内罢课斗争，他在校内发起组织许多"救国十人团"，走出校门，到长沙主要街道清查和焚毁日货。为了壮大驱逐军阀张敬尧的声势，他还利用父亲的声望，联络社会各界名流和绅士参加驱张运动，使这一运动取得很大成功。

1920年，柳直荀加入中国社会主义青年团。1924年，经何叔衡、姜梦周介绍，加入中国共产党。同年夏，柳直荀从雅礼大学毕业后，就聘于长沙师范学校，担任教务主任，不久经杨开慧介绍，与李淑一结婚。国民革命兴起后，柳直荀开始从事农民运动，他到湘潭等地组织农民协会，且以平民教育促进会的名义，带宣传队到浏阳、平江、长沙、衡山、宁乡等地开展宣传。为了多方筹措农民运动经费，他甚至把一位留学法国的姑妈存放于家里的田契，也拿出来当经费交给农会。

1926年7月，北伐军攻占长沙，柳直荀当选为新成立的省政府委员，并任省农民协会秘书长，为推动湖南农民运动蓬勃发展做出了重要贡献。1927年1月，湖南省审判土豪劣绅特别法庭成立，他任主席团成员。在办案过程中，他既不枉法，也不徇情，深受群众的爱戴。7月，柳直荀与郭亮等人经武汉到南昌，被党组织编入贺龙的部队，参加南昌起义。8月5日，起义部队南下广东，他和郭亮被派到第20军第3师负责政治工作。起义部队在潮汕失败后，他们与部队失去联系，后几经周折，从香港辗转到上海。

1929年冬，柳直荀调到武汉，任中共湖北省委书记，不久又任中共中央长江局秘书长和中央军委特派员。1930年4月，他被派往洪湖革命根据地工作，任红二军团政治部主任等职。与贺龙等率主力部队连克石首、华容、南县、澧县、津市、石门、临澧等十余县城，并建立了县政权。1931年初，他又和红六军军长段德昌等率部攻打渔洋关，重创川军两个团。同年3月，红二军团改称为红三军，柳直荀仍担任军政治部主任。1932年4月，红三军开辟了鄂西北根据地，随后中共鄂西北特委成立，他任书记并兼房县县委书记。在反"围剿"的艰苦环境中，柳直荀为湘鄂边界人民的武装斗争和建立苏维埃政权，为湘鄂西革命根据地的巩固与发展做出了巨大贡献。

1932 年 9 月，柳直荀遇难牺牲，时年 34 岁。

柳直荀手迹

瑟虎弟：

　　各次寄我的信都收到了。上海此刻已到了国民革命军手里，不知情形怎样？或者一切的事也和汉口的英租界一样较前腐败十倍。但这是国民最初管理政权必有的现象，望弟对此抱乐观的态度。国民政治能力是要从实际上训练得来，读了政治书而不亲身管理政治，那种学习是靠不住的，在行动中去学习，在学习中去行动。

　　近来农协事务颇忙，乡村中打倒土豪劣绅之运动，颇为激烈。我们现在是主张乡村中要建立以农民为中心的民主政治，想不久即可实现。

　　（略）

　　近来省城不独无钱可借，并且有钱也无处可存，这种现象大约要到无产阶级专政的时候才能解决。

兄直荀

　　这是柳直荀于 1927 年 3 月 29 日，写给弟弟柳瑟虎的家书。写家书之时，柳直荀任湖南省农民协会常务委员兼秘书长，正在组织湖南的农民运动。

　　家书中，柳直荀向弟弟介绍了此时国内的革命形势，勉励他保持乐观态度。同时提醒弟弟，提高政治能力的关键在于实际训练，"读了政治书而不亲身管理政治，那种学习是靠不住的"，鞭策弟弟"在行动中去学习，在学习中去行动"。柳直荀还提及近期进行的乡村革命运动，指出共产党的革命主张是，在"乡村中要建立以农民为中心的民主政治"，这一理想很快就可以实现。这说明柳直荀严格执行党的指示，始终坚持以农民为中心、为农民谋福祉的革命方向。而对于省城"无钱可借"、"有钱也无处可存"的社会乱象，柳直荀坚信，只有"无产阶级专政"实现之际，才是光明到来之时。

柳直荀的名字是他父亲取荀子"蓬生麻中，不扶而直"之意，在后来波澜壮阔、泥沙俱下的革命洪流中，他用自己辉煌的一生，为"直荀"二字做了最好的诠释。1945 年 4 月，中共六届七中全会通过的《关于若干历史问题的决议》，追认柳直荀为革命烈士。1957 年 5 月，毛泽东主席给柳直荀的夫人李淑一回信，附《蝶恋花·答李淑一》词一首，首句"我失骄杨君失柳，杨柳轻飏直上重霄九"，表达了对杨开慧、柳直荀的怀念和哀思。

柳直荀烈士纪念园

4 "愿拼热血头颅，战死沙场以搏一快"

（袁国平致母亲，1927年5月25日）

"发扬革命的优良传统，创造现代的革命新军。东进！东进！我们是铁的新四军。"这是脍炙人口的《新四军军歌》歌词，创作于1939年。当时新四军的政治部主任袁国平参与了歌词的创作与修改。他见证了这支革命军队从无到有、从转移到扎根、由弱到强的历程。他为新四军的政治工作呕心沥血，将一切都献给了革命军队建设事业，血洒皖南沃土。

袁国平（1906—1941），原名袁裕，字醉涵，湖南邵东人。1922年，袁国平考入湖南省立第一师范学校。1925年，他考入黄埔军校，受到革命思想和共产党人恽代英、萧楚女等的影响，

袁国平

于年底加入中国共产党。1926年，袁国平从黄埔军校第四期毕业后参加北伐战争。1927年蒋介石发动"四一二"反革命政变后，袁国平参加南昌起义、广州起义和海陆丰地区的革命斗争。随后进入中央苏区，整编军队、选拔干部、创办《红军日报》，历任中国工农红军第5军政治部主任、红军第3军团政治部主任兼第8军政治委员、红军总政治部副主任

等职，参加了中央苏区历次反"围剿"作战和长征。

袁国平读了毛泽东的《七律·长征》后，写下《和毛主席长征诗》：

　　　　万里长征有何难？中原百战也等闲。

　　　　驰骋潇湘翻浊浪，纵横云贵等弹丸。

　　　　金沙大渡征云暖，草地雪山杀气寒。

　　　　最喜腊子口外月，夜辞茫荒笑开颜。

勾画出感同身受、惊心动魄的跋涉和战斗场面。

1937 年，全民族抗战爆发后，袁国平任中共中央东南分局（后改为东南局）委员，并由毛泽东亲自点名，出任新四军政治部主任。他是新四军政治工作的卓越领导者，强调新四军要坚决服从中国共产党的领导，同时建立健全新四军的政治工作制作、教育宣传工作制度等。袁国平还参与领导新四军向皖中、皖东、皖南、苏中的敌后进军，开展抗日游击战争，协助叶挺、项英建立革命根据地，进行统战工作。1941 年 1 月，国民党反动派蓄意破坏抗日民族统一战线，制造了震惊中外的皖南事变。袁国平在击退敌人时身受重伤，为不拖累部队突围壮烈牺牲，践行了他"决不当俘虏"的誓言，时年 35 岁。

袁国平手迹

亲爱的母亲：

一九二七年五月顷，反革命谋袭武汉，形势岌岌，革命志士莫不愤恨填膺，舍身赴敌。

斯时，余在第十一军政治部服务，也奉命出发鄂西，抗御强寇，此行也愿拼热血头颅，战死沙场以搏一快，他日儿若成仁取义，以此照为死别之纪念。

万一凯旋生还，异日与阿母重逢，再睹此像，再谈此语，其快乐更当何如耶！

儿醉涵于武昌整装待发之际

1927 年 5 月 25 日

这是袁国平于 1927 年 5 月 25 日在武昌，写给母亲的家书。

1927 年 5 月 17 日，夏斗寅在宜昌发动兵变，攻打武汉，革命形势岌岌可危，袁国平所在的国民革命军第 11 军，奉命前往平叛。于整装待发之际，袁国平在自己的相片背后，写下了这封家书，寄送给母亲。

在家书中，袁国平十分痛恨反动军阀夏斗寅在鄂西谋袭武汉的恶劣行径，他写道："革命志士莫不愤恨填膺，舍身赴敌。"袁国平告诉母亲，他将随部队出征，期盼着杀敌成功后能与母亲重逢，与母亲分享驰骋疆场、凯旋生还的快乐。同时，袁国平已做好了为革命事业牺牲的准备，"愿拼热血头颅，战死沙场以搏一快"，短短几句，体现了他为实现革命理想，义无反顾奔赴沙场的革命豪情。

后来，袁国平的妻子在 1939 年 5 月生下了儿子袁振威，袁国平为他取了小名"浣郎"，这个名字在湖南话中谐音"皖南"，寓意着他希望孩子记住皖南人民，记住父亲奋斗过的地方，记住为人民幸福、民族生存而战斗的新四军。在父亲精神的感召下，袁振威积极投身军队建设，成为海军指挥学院的一名教授，为新中国海军培养了大批人才。

将军百战、壮士未归，子继父志、代代不绝。

2014 年 9 月 1 日，袁国平被列入民政部公布的第一批 300 名著名抗日英烈和英雄群体名录。

5 "以身殉党国，理得而心安"

（李蔚如给妻子的遗书，1927 年 7 月 8 日）

1926 年下半年至 1927 年上半年，川东南涪陵县的蔺市、同乐、龙潭、新盛等集镇乡村，农运工作热火朝天。"人民扬眉不纳税，八千人枪硬梆梆"，弄得重庆军阀如坐针毡，涪陵驻军惶惶不安，这场革命运动的领导人是谁？他就是涪陵农民自卫军总指挥李蔚如。

李蔚如（1883—1927），字郁生，号鸿钧，四川涪陵人（今属重庆）。1904 年留学日本，1906 年加入同盟会。1907 年李蔚如奉孙中山指派回四川视察同盟会工作，同熊克武等共谋发展组织，建立据点，发动反清起义而受到通缉。1924 至 1927 年出任涪陵四镇乡（即新盛、君子、同乐、龙潭四个镇乡）联团办事处副处长、处长。此间，李蔚如向社会筹集资金，创办了更新小学和弋阳国民师范学校，培养革命人才，从这里出来的许多学生后来都走上革命道路，成为中国共产党的中高级干部。1926 年，李蔚如加入中国共产党，积极开展农民运动，成立农民自卫军。1927 年 7 月 1 日，驻涪陵川军师长郭汝栋与军阀刘湘勾结，将李蔚如骗至郭部驻地诱捕。临刑前，他

李蔚如

让随行的勤务兵取出纸笔，从容地写下给妻子罗城璧的遗书。7月8日李蔚如英勇就义，时年44岁。

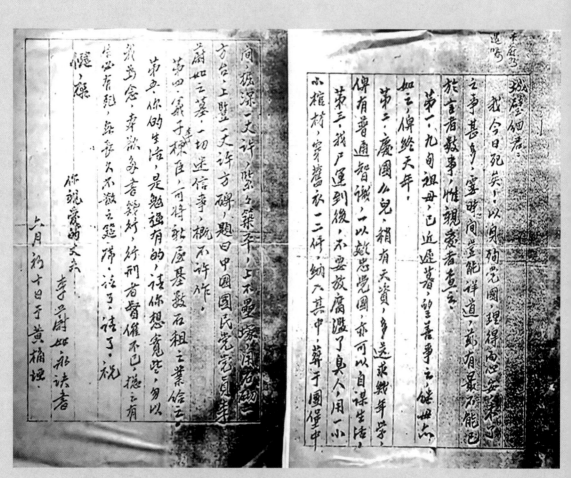

李蔚如给妻子的遗书　1927年7月8日

城璧细君：

我今日死矣！以身殉党国[①]，理得而心安。未了之事甚多，霎时间岂能详道。兹有最不能已于言者数事，惟亲爱者查之。

第一，九旬祖母，已近迟暮，望善事之，继母亦如之，俾终天年。

第二，庆国幺儿稍有天资，多送求几年学，俾有普通智识，一以效忠党国，亦可以自谋生活。

第三，我尸运到后，不要放腐溢了臭人，用一小小棺材，穿旧衣一二件，纳入其中，葬于团堡中间，掘深一丈许，紧紧筑平，上不垒冢，用石砌一方台，上竖一丈许方碑，题曰"中国国民党党员[②]李蔚如之墓"，一切迷信事，概不许作。

第四，义子李栋臣可将新屋基数石租之业给之。

第五，你的生活，是勉强有的，请你想宽些，勿以我为念。本欲多书几行，行刑者督催不已。总之，有生必有死，无长久不散之筵席。请了，请了，祝健康。

　　　　　　　　　　你亲爱的丈夫
　　　　　　　　　　李蔚如永诀书
　　　　　　　　　　六月初十日于黄桷垭

这是李蔚如于 1927 年 7 月 8 日写给妻子罗城璧的遗书。

李蔚如面临死亡，泰然自若，吐露"以身殉党国，理得而心安"。只是"未了之事甚多"，只好匆匆立下遗嘱，以期得到妻

①② 李蔚如以国民党人身份从事革命活动，因此这里沿袭了国民党人公开身份的用语。

子的谅解。遗嘱中，李蔚如最为牵挂的，是家中年迈的长辈，他恳请妻子代为尽孝，以终天年。对于儿子庆国，期望他能读书求学，获取知识，从而"自谋生活"、"效忠党国"。而对于身后事，他叮嘱家人不需厚葬，"用一小小棺材，穿旧衣一二件"，"葬于团堡中间"并且要求"将棺木竖着下葬"，他表示"国家不强，民族不兴，我死也要站着"。家书末尾，他写下"有生必有死，无长久不散之筵席"，抚慰妻子不要过度悲伤，努力过好以后的生活。

李蔚如加入共产党之后，虽投身于革命事业，但仍以国民党左派身份公开活动，发展农民运动。他多年追随孙中山革命，故自称为"国民党党员"。被捕后，敌人审讯时问他："为何参加共产党？"李蔚如自豪地说："我得为共产党虽死犹荣。"这位革命元老，由一个激进的旧民主主义者转变为一个优秀的共产主义战士，他的一生无疑是光辉而伟大的。他的革命思想也影响到了他的家人，他的弟弟李仙舟、侄子李庆赤均为革命烈士。

李蔚如烈士陵园

6 "善抚吾儿，以继余志"

（郭亮给妻子的遗书，1928 年 3 月）

在湖南省长沙市望城区铜官街道，有一个叫郭亮村的地方。这里是我党早期著名的工人运动领袖郭亮烈士的故乡。

1901 年，郭亮出生。他原名郭靖笳，自幼聪颖好学。1912 年，为自己改名郭亮，希望能像诸葛亮一样足智多谋。1915 年，郭亮考入长沙长郡中学初中部。1919 年，他读了毛泽东主编的《湘江评论》，尤其是《民众的大联合》等文章，十分感佩，特地前往长沙拜会毛泽东。五四运动爆发后，他邀集同学宣传爱国反帝思想。1920 年，19 岁的郭亮考入湖南省立第一师

郭 亮

范学校，参加了革命团体新民学会，并加入中国社会主义共青团，走上救国救民的革命道路，与毛泽东、夏明翰、柳直荀等人结为亲密战友。1921 年 10 月，经毛泽东介绍，郭亮加入中国共产党。1922 年担任中共湘区委员会委员，领导了粤汉铁路工人大罢工。1923 年 4 月，任湖南省工团联合会总干事。1927 年，在中共五大上，郭亮当选为中央候补委员。随后，参加了南昌起义。他广泛深入群众、发动群众，在工人中声望很高，而这也引起了敌人极大的忌恨。

1928 年 3 月 27 日，因叛徒告密，郭亮在岳阳被国民党反动派抓捕。在审讯中他痛快地承认自己是共产党员，但拒绝透露组织和战友的任何情况，并留下了那句著名的"开眼尽是共产党人，闭眼没有一个"的供词。敌人无计可施，又慑于郭亮的声望，29 日凌晨将年仅 27 岁的郭亮秘密杀害，悬首示众。三天后，敌人又将头颅运到铜官，挂在东山寺戏台上，企图震慑革命志士和人民群众。当晚，群众将无首遗体抢回用木匣子安葬。

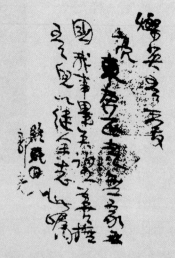

郭亮给妻子的遗书　1928 年 3 月

灿英吾爱：

　　亮东奔西走，无家无国，我事毕矣，望善抚吾儿，以继余志。此嘱。

郭亮

　　这是郭亮临刑前写给妻子李灿英的遗书。中央档案馆藏柳直荀烈士致罗迈（即李维汉）的一封短信显示，柳直荀在向李维汉汇报完工作后，也记下了这份遗嘱，并作按语："靖笏兄临刑时有遗嘱一道，现经长沙商人传出，特抄上，或可转灿姊（即李灿英）一阅也。"可见，这封遗书应是临刑前在有限的时间里写下的，因此笔迹仓促，文字简短。细读之余，令人潸然。

　　"亮东奔西走，无家无国"，短短一句，描画出郭亮多年来为革命东奔西走的忙碌身影，道尽一位共产党员无怨无悔、坦荡慷慨的心声。"我事毕矣"，为了国家的前途和民族的独立，郭亮献出了自己的一切，临刑就义，无愧于党，无愧于心。革命者也是有血有肉的人，想到自己的伴侣和家中幼儿，郭亮心中是深深的愧疚和不舍。此前在郭亮的感召和影响下，李灿英早已与他结成了革命的同路人。郭亮的最后心愿，是希望妻子好好抚养儿子，继他遗志。

　　郭亮牺牲时，幼子郭多难（后由周恩来改名为"志成"）年仅三岁。妻子李灿英按照遗嘱，把儿子带在身边教养，继续为革命事业奔波。与党组织取得联系后，她先后在中共湖南省委和江苏省委机关工作。1938年，李灿英由组织安排，先后在武汉、长沙、桂林等地的儿童保育院工作，将全部的精力倾注到难童身上。1950年，李灿英由于长期从事地下斗争，积劳成疾病逝，与郭亮合葬一处。1937年底，在党组织的关怀下，郭志成赴苏联学习，后从国家水利水电部退休，一生秉持父母遗愿，俭朴厚义，坦荡忠诚，默默无闻中彰风显节。

　　郭亮烈士这份二十余字的遗嘱，不仅激励了他的后人继续为革命奋斗，也不断激励着更多的中华儿女为民族解放、国家富强而顽强拼搏。如今，在烈士的故土，兴建了郭亮纪念园，红色往事化为新时代前行的力量。

郭亮纪念园

7 "把一切贡献于革命"，"为了全国人民求得解放"
（钟志申给兄长的遗书，1928 年 3 月 10 日）

在中共韶山特别支部历史陈列馆的展柜里，陈列着这样一封遗书，上面写道："我牺牲生命，把一切贡献于革命，是为了寻找自由，为了全国人民求得解放。"它的作者是中共韶山党支部最早的五名成员之一——钟志申。

钟志申（1893—1928），又名振响，湖南湘潭人，出生于当地一个农民家庭。幼年时与毛泽东是私塾同学。钟志申读了几年书后就回家务农，之后在军阀营中当兵，因不堪虐待而逃回家乡，生活十分清苦。但他性格刚强、嫉恶如仇，颇有胆识，他痛恨当地土豪劣绅倚仗权势和私人武装用苛捐杂税压迫贫苦大众，让父老乡亲们整日辛勤劳动，而生活水平只能勉强达到温饱，所以钟

钟志申

志申曾带领农民反抗前来收捐的胥吏。1925 年，在毛泽东的启发下，钟志申明白"穷人为什么穷，富人为什么富"，只有打倒封建地主阶级，建立一个没有压迫、没有剥削的新社会，人民群众才能过上幸福的生活。因此，他参加了毛泽东领导的农民运动，参与组织农民协会、农民夜校，和爱国群众组织"雪耻

会"，并于同年加入中国共产党。1925 年、1926 年间，钟志申
先后担任中共韶山总支部委员、湘潭县农民协会委员等职，开
展平粜斗争，阻止当地奸商劣绅在大旱缺粮时囤积居奇，操纵
粮价以获取暴利。钟志申要求奸商劣绅开仓向群众平价卖粮，
还通过夜校对农民进行思想教育，组织农民协会，积极发展农
民自己的独立武装——农民自卫队。1927 年马日事变后，钟志
申转移到长沙从事地下交通工作。1928 年初，他因叛徒出卖
被捕。3 月，英勇就义，时年 35 岁。钟志申与中共韶山特别支
部的四位成员毛福轩、庞叔侃、李耿侯、毛新梅一起，被称为
"韶山五杰"。他们的革命实践活动，成为毛泽东思考农民运动
理论的重要参考之一。

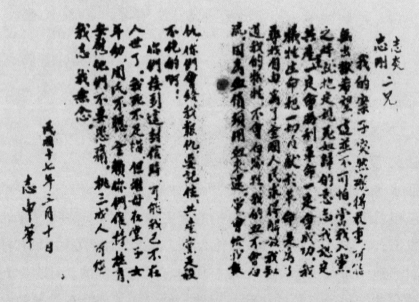

钟志申给兄长的遗书　1928 年 3 月 10 日

志炎、志刚二兄：

我的案子突然变得严重，可能无出狱希望，这并不可怕。当我入党之时，就抱定视死如归的意志。我认定，共产党一定会胜利，革命一定会成功。我牺牲生命，把一切贡献于革命，是为了寻找自由，为了全国人民求得解放。我知道我的牺牲不会白牺牲，我的血不会白流。因为血债须用血来还，党会给我报仇，你们会给我报仇。要记住：共产党是杀不绝的啊！

你们接到这封信时，可能我已不在人世了。我死不足惜，但继母在堂，子女年幼，周氏不聪，全赖你们维持抚育，安慰他们不要悲痛。桃三成人，可继我志，我无念。

民国十七年三月十日

志申笔

这是钟志申于 1928 年 3 月 10 日在狱中，写给兄长钟志炎和钟志刚的遗书。

在遗书中，钟志申告诉二位兄长，他非常清楚自己已无活着出狱的可能，自己并没有感到害怕，因为早在入党时，"就抱定视死如归的意志"，而且认定"共产党一定会胜利，革命一定会成功"。他还向哥哥们解释为革命贡献一切，目的是为了寻找自由，为了全国人民求得解放。他相信自己不会白白流血牺牲，党和亲人们会为自己报仇。钟志申大声呐喊："共产党是杀不绝的啊！"为正义而牺牲，为理想而死，无怨无悔。死亡在革命必胜的信念面前显得那么微不足道，英雄追随自己的信仰慷慨赴死，怎不令人动容！忠贞不屈的铮铮铁骨，彰显了共产党人舍生取义的浩然正气。钟志申以实际行动，践行了共产党人忠于理想信念、为人民谋幸福的初心使命。

钟志申烈士的血色家书虽只寥寥数语，却迸发着灿烂的光华。他舍小我而成大我的壮举，令人感佩；他对革命必胜的坚定信仰，令人振奋。人需要有信仰，才不会迷失方向。在和平年代，重读红色家书，不仅能感受烈士的坚定信仰，更能从中汲取精神的力量。

钟志申牺牲后，家属们收敛遗体时在衣物中发现了这份遗书，上面沾满了他的鲜血。新中国成立后，此信被交给了党组织，并转给韶山毛泽东同志纪念馆收藏，为伟大理想共同战斗过的同志最终重逢于故乡的青山绿水之间。

8 "坚持革命继吾志，誓将真理传人寰"
（夏明翰给妻子的遗书，1928年3月18日）

砍头不要紧，只要主义真。

杀了夏明翰，还有后来人。

这是革命者夏明翰在临刑前写下的就义诗。当时反动派问他有没有话说，他说："有！"便要了纸笔，一挥而就，这就是二十字《就义诗》。这二十个字朴实但饱含力量，每个字，掷地可作金石之声，因为难以企及的精神高度和对灵魂的极大震撼力，这首《就义诗》当之无愧地成为革命先烈诗歌中的经典之作。这是用热血、用大爱、用信念、用生命写就的诗，呈现出一个为民族为国家毫不犹豫抛头颅洒热血的英雄形象，他顶天立地，浩气长存，没有任何力量可以将他摧垮。

夏明翰（1900—1928），字桂根，湖南衡阳人，湘赣农民运动领袖，湖南、湖北早期党组织重要领导人。夏明翰出生于一个书香官宦之家，祖父中进士后为官多年，是个传统的士绅。父亲思想开明，支持维新变法，响应武昌起义。夏明翰从小接受传统教育，后在母亲的支持下进入新式学

夏明翰

堂。他在湖南省立甲种工业学校就读时参加反抗北洋军阀的学生运动，在五四运动的风云际会中担任湖南学生联合会的领袖，参与查禁日货。1920年，夏明翰结识毛泽东、何叔衡。1921年冬，加入中国共产党，组织领导了长沙人力车工人罢工斗争，迫使当局削减车租，改善了人力车工人们的生活。1924年至1928年间，夏明翰历任中共湖南省委委员兼组织部部长、湖北省委常委，参与组织秋收起义，领导发动平江、浏阳农民暴动。1928年3月18日，夏明翰因叛徒出卖在汉口被捕，他不为威逼利诱所动，用敌人要他交代秘密、忏悔的断笔写下了给母亲、姐姐和妻子的遗书。3月20日，英勇就义，年仅28岁。

亲爱的夫人钧：

同志们常说世上唯有家钧好，今日里才觉你是巾帼贤。我一生无愁无泪无私念，你切莫悲悲戚戚泪涟涟。张眼望，这人世，几家夫妻偕老有百年。抛头颅，洒热血，明翰早已视等闲。"各取所需"终有日，革命事业代代传。红珠留作相思念，赤云孤苦望成全。坚持革命继吾志，誓将真理传人寰！

这是夏明翰于1928年3月18日在狱中，写给妻子郑家钧的遗书。

夏明翰与妻子郑家钧相识于长沙工人大罢工的斗争中。当时，出身贫苦家庭，在长沙做湘绣女工、聪明善良的郑家钧在罢工中掩护夏明翰，手臂受伤。两人在探望照顾和交流革命理想的过程中相爱并结为夫妻，参加婚礼的何叔衡、谢觉哉等人送了他们一副婚庆对联:"世间唯有家钧好,天下谁比明翰强。"婚后,夏明翰为妻子补习文化知识,赠她象征对革命与爱情忠贞的红珠,并赋诗:"我赠红珠如赠心,但愿君心似我心。"婚后郑家钧在夏明翰的影响下迅速成长,作为他的得力助手送机密、会同志,甚至装扮成名门淑女或贵太太,巧与敌人周旋,陪伴他在白色恐怖下坚持工作。两人的女儿取名为"赤云",寄托了两人坚持革命理想、期盼革命胜利,"环球皆是赤旗"的情感和愿望。

在这封遗书中,夏明翰自陈"一生无愁无泪无私念","抛头颅,洒热血","早已视等闲",准备好为革命事业流尽最后一滴血。他夸赞妻子是"巾帼贤",用两人结婚时的联语、赠送的红珠和女儿赤云安慰妻子,请她不要为他的牺牲而悲伤,更不忘叮嘱她好好抚养女儿长大,"坚持革命继吾志,誓将真理传人寰!"死亡无法拆散同心相爱的爱侣,更无法磨灭革命志士的斗志和精神。

"杀了夏明翰,还有后来人。"这不仅仅是夏明翰留下的诗句,更是其家庭光荣革命历史的写照。夏明翰和妹妹夏明衡,弟弟夏明震、夏明霹,以及外甥邬依庄先后

夏明翰与妻子郑家钧合影

为革命献出了宝贵的生命，可谓满门忠烈。夏明翰的母亲陈云凤在儿子牺牲后曾为抗战筹款。大姐夏明玮的女儿邬贻楣（后改名吴健）也加入中国共产党，与李大钊之子李葆华合作，在平津一带从事抗日救亡运动，后奔赴延安，在边区参与反特除奸的工作。夏明翰的妻子郑家钧在上海等地作为地下交通员，继续为党工作，以绣花缝衣抚养女儿长大，甘于清贫生活。夏明翰的女儿改名夏芸，服从组织需要，在艰苦的环境下为祖国从事有色金属勘探工作，从不以烈士后代自居。他们的工作和人格都无愧于"后来人"的身份。

2009 年，夏明翰被中共中央宣传部、中共中央组织部等部门评为"100 位为新中国成立作出突出贡献的英雄模范人物"。

9 "人生死之方式","但论有无价值"
（萧采其给兄长的遗书，1928 年 6 月 11 日）

这张只能勉强看清五官的照片是一位投身革命的青年，他牺牲时年仅 22 岁，只留下这张十分模糊的照片供后人怀念、瞻仰。这位青年正直、勇敢，将个人生死置之度外，他就是来自湖南华容的年轻烈士——萧采其。

萧采其（1906—1928），又名萧奉藻，湖南华容县人。小时在父亲任教的私塾读书，聪明活泼，淳朴热情。1925 年，萧采其考入湖南省立农村师范，结识了志同道合的同乡同学、共产党员刘祥林。他们经常在一起交流思想，畅谈理想。在刘祥林的影响下，萧采其广泛阅读新书刊，积极参加革命活动，并于 1925 年底由刘祥林介绍，加入了中国共产党。1927 年长沙

萧采其

发生马日事变后，他受党组织派遣回乡担任共青团华容县委书记，在反动势力的严酷统治下积极发展共青团组织，为革命准备后备力量。1928 年初，萧采其领导青年农民发动了华容县元宵暴动，惩办了大劣绅刘伯熙夫妇，为受到压迫剥削的农民们除了一害。同年 2 月 6 日，由于叛徒出卖，萧采其被捕入狱。6 月 12 日，

英勇就义，年仅 22 岁。

　　弟如有不测之风，可达观安慰全家。人生死之方式，本可不拘，但论有无价值。且待多时，当有我之精神徘徊于社会上，但须登场摄影，以留纪念。我之欠债，子母归人。我之妻，不应以旧社会眼光限制其自由，须听其早日嫁人，以免物质上感受痛苦。希以犹子比儿之态度待恺儿，提携成人，以继予志，为社会上有价值之人物。未生者，男女莫辨，听其支配。俯仰之责，兄须全负。更望立改前非，免人嫉视，随社会变迁为转移，是弟之所深望也。此上奉山大哥，留为最后之通牒。

弟采其书于华容县狱

　　这是萧采其于 1928 年 6 月 11 日晚在狱中，写给兄长萧奉山的遗书。

　　萧采其被捕后，敌人施以种种酷刑，但他忠贞不屈。6 月 11 日晚，考虑到自己的身份已经暴露，为了掩护没有暴露的同志，他向敌人公开承认自己是暴动的组织者和领导者。还暗地里鼓励同志为了革命成功保护好自己，保持革命乐观主义精神，并串联难友实行绝食斗争，逼迫县府改善了难友们的生活待遇。

　　一位对萧采其的坚强意志心存敬意的狱卒，收到第二天处决萧采其的指令后，悄悄地告诉萧采其。面对死亡的逼近，萧采其异常平静地留下了绝笔信。得知自己即将被杀的消息后，萧采其心情平静，毫不畏惧。作为一名信仰马克思主义的共产党员，他深知物质世界中，人的生命总是有限的，"人生死之方式，本可不拘，但论有无价值"。但是自己为革命而死，是光荣的、有价值的，自己的精神将可"徘徊于社会上"。对共产主义理想社会的不懈追求和努力可以鼓舞更多的人，从而获得永恒。这寥寥数语，抒发了一个共产主义战士为国家富强、人民幸福斗争到底的远大抱负和无悔信念，体现了他超脱生死、视死如归的大无畏精神。

萧采其既是慷慨赴难的革命志士，也是爱家顾家的好丈夫、好父亲、好兄弟。他体谅并支持妻子在自己死后找寻更好的归宿，希望家人不要以封建旧礼俗约束她，"须听其早日嫁人，以免物质上感受痛苦"。他将儿子托付给大哥，并叮嘱大哥"提携成人，以继予志，为社会上有价值之人物"。质朴无华的语言里，充满了对妻子的体贴挂念，对儿子的殷切期望。在遗书的最后，萧采其规劝大哥萧奉山抛弃个人私利，转变立场，"随社会变迁为转移"，投身革命事业。

1928年6月12日下午，遍体鳞伤的萧采其被四名士兵抬着走向刑场，随着一声枪响，他为革命献出了年轻的生命。

10 "切勿以我死而悲哀，当偕 我同呼革命口号"

（钱崅泉给家人的遗书，1928 年 10 月—11 月）

1928 年 11 月，江苏省江阴县国民党的监狱里阴冷潮湿，在狱中共产党员钱崅泉身体极度虚弱，家乡的美好与憧憬革命胜利后的图景在脑海中来回交替，浮现出一幅静谧绝美的画面，他挣扎着拿起笔，写下了这首断头诗："草地斜阳，洁白而纯洁的羔羊，不绝地跳跃，不绝地徜徉。"来自身体的疼痛不时提醒着他，他生命中的最后时刻即将来临。钱崅泉将思绪收回，满怀悲壮地为这首断头诗写下了结尾："归乡何处？断头台上！"

钱崅泉（1895—1928），原名钱振标，又名钱正表，字球仰，化名钱崅泉、高启根等。江苏江阴人。少时家境贫寒无力上学，

钱崅泉

但他求知若渴，被私塾先生准许破格入学，后又经人推荐到教会学校免膳食费读书。1914 年，钱崅泉考入江苏省立第三师范学校。1919 年五四运动爆发，钱崅泉带领学生上街游行，坚决反对北洋政府，积极宣传进步思想，抵制日货。他还如饥似渴地阅读《新青年》《少年中国》《每周评论》等进步刊物，进一步开阔了视野，充实了社会知识，提高了革命觉

悟。钱崝泉和刘半农、刘天华在江阴南菁中学发起、举办爱国游艺会，在大会上慷慨陈词，猛烈抨击帝国主义的侵略行径，大胆揭露军阀政府的无耻嘴脸，在当地引起了巨大反响。

1925 年，钱崝泉由恽代英、侯绍裘介绍加入中国共产党，受党组织派遣，前往冯玉祥的国民革命军从事政治工作。同年 10 月，与张一悟、宣侠父等组建了中共甘肃特别支部，任支部委员。钱崝泉和宣侠父等人利用合法身份和工作之便，在部队中开办图书馆、俱乐部、训练班，广泛宣传，争取进步官兵走向革命。

1926 年 9 月，冯玉祥在五原誓师并就任国民军联军总司令，响应北伐。冯玉祥特电召钱崝泉赴陕北，策动驻陕北的井岳秀部参加北伐革命。钱崝泉不辱使命，成功地完成任务后再次回到兰州，受到各界人士的热烈欢迎。

1927 年，"四一二"反革命政变后，国民军开始在甘肃地区进行清党活动，共产党员被驱逐，各群众团体被迫解散，钱崝泉被"礼送"出国民军，回到江南家乡。江浙一带是国民党反动派的统治中心，大革命失败后，这里的形势更为险恶。钱崝泉回到江苏，得知中共江苏省委迭遭破坏，省委书记陈延年和接任的代理书记赵世炎相继被捕后英勇牺牲，党组织的活动完全转入地下。钱崝泉亦遭到逮捕，经党组织营救获释，返回南京。后任江苏临时省委委员，领导江阴地区的农民运动。

7 月，钱崝泉和党中央派到江苏恢复省委工作的王若飞接上头，被任命为江苏临时省委委员、省委特派员，后又被任命为江阴县委书记。他回江阴后，立即贯彻八七会议精神，积极领导江阴地区的农民运动。1928 年 8 月，任中共京沪特委委员、军委书记。同年 10 月 18 日，因叛徒告密而被捕。

第二天，他被押解到江阴，国民党江阴县长申炳炎亲自审问，并让叛徒当面对质，钱崝泉从容应对，拒不承认。尔后，申炳炎再次审问，并让更多的人出面对质，逼他交出江阴共产党组织的名单和枪械。敌人几次审问一无所获，又以"开释"为幌子央求钱崝泉写自首书。钱崝泉断然拒绝，他义正词严、掷地有声地说："我钱崝泉投了红旗决不投白旗！"

11 月 25 日下午行刑前，敌人要钱崝泉跪下，他大义凛然地拒绝："要死站着死！开枪吧！"伴随着"中国共产党万岁！万万岁！"的口号声，钱崝泉在江阴郊外英勇就义，年仅 33 岁。

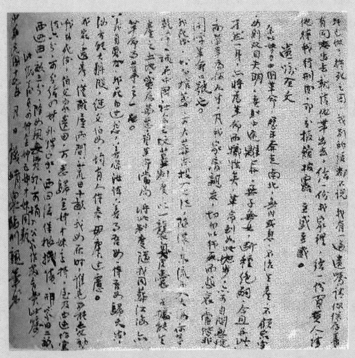

钱崝泉给家人的遗书　1928 年 10 月—11 月

我已做了待死之囚，我别的话都不说，我的一遍〔篇〕遗嘱请你保存着，有同志出去，就请他带出去，给一份我家里，给一份负责人。请他待我行刑后，即交报馆披露，至感至感。

遗嘱全文：

余以努力中国革命，历年奔走南北，无时或息，不治生产，不顾家屋，母则双目失明，妻则中途离异，无子无女，断种绝嗣，今且并此孑然一身，亦将为革命而牺牲矣。革命到如此地步，亦可自问无愧，而荣幸为何如乎！凡我家属亲友，切勿以我死而悲哀，当偕我同呼革命口号也。

我死后，切勿棺葬，可火葬后投入大江，随滚滚东流而入大海，何等干净。现在中国社会之坟墓制度，以一袭臭皮囊，占据能生产之土地，实为万恶。望革命当局，将此制度随我同葬江海，亦革命事业之一也。

义贞爱友，我死勿过悲，善保汝体，善事吾母，侍吾母归天后，汝方能大解脱。继父伯母，均有人侍奉，毋庸过虑。

我家遗产，仅破屋两间，荒田十亩，我母在时，谁也不能变动。我母死后，伯父家遗田，可悉归金姊、才妹主持；屋及西边泽堂后六分，可分给四姊外甥家；西田给保根抵债；邢家田二亩、西边田一亩三分，除母亲丧费外，可捐入公家作教育费。此嘱。

此纸义贞、四姊、金姊、五姊、才妹同执。

中华民国十七年　月　日

钱崉泉临刑亲笔书

这是钱崉泉于 1928 年 11 月 25 日英勇就义前，写给家人的遗书。

钱崤泉被捕后，知道自己即将被杀害，特地写下遗书，对自己的后事做了详尽的安排。遗书交由同志带出监狱，分别交给亲属和党组织。

钱崤泉投身革命事业后，奔走于祖国各地，四海为家，难以顾及自己的家庭，无法照顾双目失明的母亲，与妻离异，无子无女孑然一身。但他没有后悔，认为为革命牺牲一切亦可自问无愧，"荣幸为何如乎！"他安慰家人不要为他的牺牲而悲哀，应该和自己一道"同呼革命口号"。钱崤泉一生清苦，却始终践行"为共产主义奋斗终身"的誓言。他所有财产不过破屋几间、荒田几亩，却不忘在遗书中交代，"我母死后……除母亲丧费外，可捐入公家作教育费。"在为革命事业流干鲜血的前夕，还心系国家的教育。钱崤泉的选择体现了他对国家和民族的大爱，充分反映了他牺牲小家顾大家的奉献精神、誓死将革命进行到底的豪情壮志和对革命必胜的坚定信念。在遗书中，钱崤泉提出改革落后的墓葬制度，"以一袭臭皮囊，占据能生产之土地，实为万恶"，希望家人不要棺葬，"可火葬后投入大江，随滚滚东流而入大海"，彰显了共产党人清贫节俭的优秀品质和彻底的唯物主义精神。

这封家书让我们看到了一个共产党员坚定的初心和崇高的使命。新中国成立后，钱崤泉被追认为烈士。今日的中国，人民安居乐业，社会繁荣发展，已经步入康庄大道。正是因为有千万个像钱崤泉这样的革命先烈，才有了如今的幸福生活。

11 "我不望我家活多人，只望活的人要真活"

（何叔衡致哥哥，1929 年 1 月）

从长沙市出发，向西驱车经过两个多小时，便到了湖南宁乡市沙田乡。中共一大代表何叔衡的故居就坐落在沙田乡长冲村的一个山冲里。

何叔衡（1876—1935），湖南宁乡人，他自小刻苦勤奋。1913 年，37 岁的何叔衡考入湖南省立第一师范讲习班。在此，何叔衡结识了毛泽东、蔡和森等人，志趣相投，结下深厚友谊。1918 年 4 月，何叔衡与毛泽东等人发起组织成立新民学会，又于 1920 年共同发起成立湖南的共产党早期组织。

何叔衡

1921 年 7 月，毛泽东与何叔衡作为湖南的代表，赴上海出席中国共产党第一次全国代表大会。10 月，何叔衡参与组建中共湖南支部，任支部委员。1927 年马日事变发生后，何叔衡不顾危险前往上海，为党创办地下印刷厂，坚持地下斗争。1928 年，何叔衡赴苏联莫斯科出席中共六大，之后与徐特立、吴玉章、董必武、林伯渠等一起进入莫斯科中山大学学习。当时，何叔衡已年逾五旬，但为了研究革命理论，十分刻苦努力，最终学会了俄语。1930 年 7 月，回到上海。1931 年秋，何叔衡前往中央苏区工作，当选为中华苏维埃共和国中央执行委员会委员，任临时中央政府工农检察人民委员、内务人民委员、临时法庭主席等职。工作中，他坚持实事求是，注重调查研究，对待工作一丝不苟，经常到苏区各地调研。调研时，何叔衡会随身携带"三件宝"：布袋子、记事本和手电筒，方便做记录和走夜路。

1934 年 10 月，中央红军主力长征后，何叔衡奉命留在中央革命根据地坚持游击战争。1935 年 2 月，在从江西转移至福建途中，何叔衡在长汀突围战斗中壮烈牺牲，时年 59 岁，他用生命践行了"我要为苏维埃流尽最后一滴血"的铮铮誓言。

书、明两兄：

我阴历六月十九早，梦父亲无名指断，警醒时，恍惚鲜红的血犹注满一面盆也。昨接上海友人信，知湘弟六月二十日逝世。唉，验矣！家中事总凭书信及意料可得其大概，不谈。我在此住在一个侯王旧宅，睡在一个有两丈高的玻璃窗下，求学做事，均能自如。此间的工人、妇女、小孩，极自由活泼。雪自九月以来，未曾融过，每日加落。冬天鲜见日头，且冬天日子极短，即在天晴之时，日头月光只从东西角上挂去过而已。我在此阅中国的报纸，见白崇禧在北京演说辞上云湖南自去年起死去十七万人。又十二月报载，河南饥民有六百万人。即此二事，可知中国之一切情形矣。

此间有教堂的牧师对我说，咒骂您的，到了您的兄弟妻子时，欢迎您的，自然要扩大到世界全人类。又云，贫穷、饥饿、纷乱、压迫四者，是一人的鬼门关，是众人的安乐园。我由此想到我一身一家的事，即怡然处之了。我不望我家活多人，只望活的人要真活，不要活着还不如死。我的老妻，您如果活到六十岁，我或者与您有见面之日。但您的生，要是捡柴、栽菜、喂猪的生，不要去求人的生。我是永远要对得起我的骨肉和您的呀。您请袁、陈各戚代您的手笔写几句话到我。要是琐碎的事呀。

瑽 十二月初

这是何叔衡于 1929 年 1 月在莫斯科中山大学，写给哥哥何玉书、何玉明的家书。

在信中，何叔衡向两位哥哥详细介绍了到莫斯科后的生活状况。他身处异国他乡，但始终关注国内的局势，对普通民众的悲苦生活深感痛心。

在家书中，何叔衡讲述了自己的志向和人生观。投身革命事业，需要付出很大的代价。他宁愿遭受兄弟、妻子的咒骂，宁愿自己承受"贫穷、饥饿、纷乱、压迫"，也要为"世界全人类"的"安乐园"而奋斗，彰显出共产党人大爱无私的高尚情操和坚定不移的革命信仰。面对白色恐怖，他希望家人保持积极向上的人生态度，努力实现自己的人生价值，不苟且偷生得过且过。他勉励妻子，即便在年老时，也要自力更生，"要是捡柴、栽菜、喂猪的生，不要去求人的生"，"只望活的人要真活，不要活着还不如死"。何叔衡希望家人不要因一点小利而苟活于世，真正做到不为五斗米折腰。这样一句句掷地有声的嘱托，既是对家人的严格要求，也是一种自勉，更是对国家和民族的呐喊。

这封家书，虽然没有太多的豪情壮语，讲述的也多是家庭琐事，但字里行间充满了对家人的殷切期待，感情真挚，令人动容，展现出了一位共产党员坚定的理想信念、舍家为国的奉献精神和积极向上的人生态度。

2009年，何叔衡被中共中央宣传部、中共中央组织部等部门评为"100位为新中国成立作出突出贡献的英雄模范人物"。

何叔衡同志故居

12 "今后惟有革命"

（李鸣珂给妻子的遗书，1930 年 4 月 18 日）

在四川省南部县城隔嘉陵江相望的火峰山上，万绿丛中一点红，矗立着一座红色石雕，那就是烈士李鸣珂的塑像。

李鸣珂（1899—1930），曾化名李春华、钟鸣，四川南部人。1899年，出生于一个贫苦的农民家庭，幼年丧父。1915 年，在家乡参加声讨袁世凯称帝的斗争。1919 年，李鸣珂考入四川省高等蚕桑技术学校，家境贫寒的他在成都学习时接受了吴玉章等倡导的先进思想，立志兴农富民，改良社会。毕业后回南部县从事蚕桑新技术的推广和教育工作。他满怀热情地创办农业训

李鸣珂

练班，培训青年，创办农场、丝厂等，同时大力传播进步思想。

1924 年李鸣珂弃文从武，参加川军。1925 年，进入黄埔军校第四期步兵科学习，并加入中国共产党。1926 年毕业后，在国民革命军第 11 军第 24 师工作。1927 年 8 月，李鸣珂参加南昌起义，奉命率部接应朱德领导的教导团，完成任务后，又主动支援友军战斗。表现出色的李鸣珂深得周恩来信任，被调到中央前敌委员会任警卫营长，负责周恩来、恽代英等领导人的安全。起义

军南下途中，形势严峻，李鸣珂奋不顾身，率部参与阻击战，克敌制胜，获得"打仗骁勇，指挥有方"的赞誉。

1928 年，奉中共中央军委之命返回四川，先后担任川东特委军委书记、省委常委、省军委书记，一度兼任川东特委书记，主要从事武装斗争和党的保卫工作。

1930 年初，江巴兵士运动委员会委员易觉先叛变投敌，带领特务破坏党组织，捕杀共产党员。李鸣珂亲自执行惩处叛徒易觉先的任务，在行动中被捕。被捕后，李鸣珂"见士兵宣传士兵，见夫役宣传夫役"，传播中国共产党反对反动军阀、解放劳苦大众的主张。4 月 19 日，在重庆英勇就义，年仅 31 岁。

李鸣珂烈士雕像

和鸣：

从此与你们一家大小永别了。不要伤心，好好教育我们的孩子，准备帮我复仇！你不要回家，同五弟住，或由敦信指定你地方住。今后惟有革命，并听五弟及敦信的话，紧紧记住。

这是李鸣珂于1930年4月18日在狱中，写给妻子李和鸣的遗书。

在这封遗书中，李鸣珂忍住悲痛，叮嘱妻子"不要伤心，好好教育我们的孩子，准备帮我复仇"；又缜密地为妻子安排住处，"你不要回家，同五弟住，或由敦信指定你地方住"；最后又嘱咐妻子要紧紧记住"今后惟有革命"。遗书文字简短而质朴，却饱含深情，展现出李鸣珂作为共产党员的沉着冷静与坚定信念，以及作为一个丈夫的爱与柔情。

李鸣珂牺牲的那天上午，刘湘集合千人决定公开审讯，想借此恐吓民众。刘湘假惺惺地对李鸣珂说："你是既聪明又能干的人，要认清形势。如能幡然悔悟，我们同造国家，你说好吗？"李鸣珂岸然道："要我说，我就说一点。"他转身向着士兵和围观群众，充满激情大声说："士兵们，我们都是穷人。世界上哪样东西不是我们制造出来的？我们忍受着风吹雨打，肩挑背磨，白天晚上忙个不停，依然没有吃的没有穿的。我们要做主人，大家要起来革命，打倒军阀狗腿子……"一席话让在场的人无不动容。刘湘恼羞成怒："你竟敢在我的部队鼓吹，拉下去。"当日下午，李鸣珂等四名共产党员被五花大绑押往刑场。李鸣珂最后连中五弹，壮烈牺牲。

李鸣珂就义后，当地群众悄悄把他安葬。入殓时，在他上衣的口袋里发现了写着临终遗言的纸条：

天愁地暗，

惨雾凄凉，

千万人声沸腾，

来到杀场，

不觉恨填胸。

我心中含着许多悲愤，

别了！别了！别了！

许多朋友别了，

许多士兵别了，

许多工农及一切劳苦大众别了。

我今躺在血地上，

切莫为我空悲痛，

但愿对准我们的敌人猛攻！猛攻！

英雄气概，感天动地。

1946 年，朱德总司令为李鸣珂的幼子改名李从珂，寓意继承父亲李鸣珂的遗志，并题词："父是英雄儿好汉，父子相继要使工农把身翻。"1951 年 9 月 30 日，李鸣珂长子李政文被选为烈属代表赴北京参加天安门国庆观礼，并受到毛泽东主席的亲切接见。

13 "我决不灰心、消极"

（张炽致妻子，1930年4月29日）

2021年6月29日，位于云南省昆明市石林县堡子村的张炽革命纪念馆开馆，展示了张炽烈士等人的革命事迹，激励着后人为中华民族的伟大复兴拼搏奋斗。

张炽（1898—1933），字子昌，笔名昌明，化名章阿昌，云南路南（今石林彝族自治县）人。自幼开蒙，接受新式教育，在思想进步的师长的影响下广泛阅读中外名人救国救民书籍，受革命伟人孙中山思想的熏陶，崇拜甲午海战、武昌起义中的爱国志士，萌生了救国志向。1919年，张炽在云南省第一中学响应五四爱国运动，组织学生队伍参加示威游行，宣传抵制

张　炽

日货，散发进步书刊，驱逐镇压学生爱国运动的校长，反抗劣绅污吏等封建势力。1924年，张炽考入北京民国大学政治经济系，在李大钊的影响下，参加北京青年学会、平民教育研究会等进步组织，从一名民主主义者转变为一名共产主义者。1925年，张炽加入中国共产党，积极支援五卅运动的上海罢工工人。1926年，参加北京学生反对军阀段祺瑞卖国罪行的游行示威。他目睹段祺瑞政府向请愿学生、集会群众开枪射击的"三一八"惨案并

负伤，从而认清帝国主义和反动军阀的本质，更加坚定革命的决心。同年，张炽受命赴辽宁大连组建党组织，并任中共大连地委宣传部部长，从组织和思想上巩固和发展了大连地区的党务工作。

1927年，张炽回到昆明，任中共云南省临时工委宣传部部长。1928年到广州，在国民党部队任指导员，从事地下斗争。1930年秘密前往上海，参加党中央训练班，从事工人运动。7月，在组织上海法租界电车工人罢工时，张炽不幸被捕。在狱中，他随机应变、坚强不屈，虽然遍体鳞伤，却未暴露身份和组织秘密。他尽力工作，组建秘密党支部，关照、教育革命同志，开展绝食罢饭斗争，支撑了数年。虽然党组织和他的家属均尽力营救，但因狱中叛徒出卖，1933年3月，张炽身份暴露。4月1日，就义于南京雨花台，时年35岁。

冰妹妹：

你二月二十九写给我的信，我早已收到了。这是我与你别后第一次接着你的信，淡淡世界，客中孤寂的我，看后是多么的欣慰啊！尤其是你勉励我的许多话，令我十万分的感动。我决定把它刻在我的心上，永不敢忘！

冰妹妹！我决不灰心！消极！我相信十分相信我们的前途仍旧是很光明的！失败了，这完全有为人生的乐趣，而使两小一起，也没有上、因此，我想到了这些烦闷……

小弟是我们的事业或我的母亲！只要我的肝为奋斗，我相信十分相信，是将有一日居实了我们的素愿的！五连了，我的四方奔走，使你五年来受着许多的痛苦，烦闷……完全是为人生的乐趣，……也没有上、因此，我想到了这些烦闷……

到了你，我心痛得很！逃冰妹妹！你的幸福是从社会把你牺牲了！但我永生永世不忘你这幸福进比我将来上海时，我们的每日奔着看着报等等为……

妹妹，我们的幸福确实是渡回来了，就是我们的幸福到来之日了！我们……这些都是使我们十分的……

也写到了，爱我多一点多写信！我爱多一些写信！我们……就是比以前好得多了，双到……永生永世……到来，比以前还要更多写一二十封信……记你……

这都是你给我寄的，你别的数算了，做些家乡的味，吃得我们多好？我很……在两三日内，双方伴好将整装……回来了，十多行了，看或脸也是比别时瘦了许多……

等我回来看我相信了，我在两三日内，双方伴好将整装回来了，……也是比别时瘦了许多，她下次再叙。记你……

妻有什么信夏君电教咐打寄回给你的！

这都是信的……好诉你的行！

你和家中先生们

妻好！

昌妹删月五日八写的

（上海的打什么什是我的一个小朋友）
（冰的笑话，望加相信！男）

你们炽哥于上海。四月廿九日。

诗你怒々家的信究！

来信望交上海法租界西门路的或里
甲一号周尧武先生转交为好！

冰妹妹：

你二月二十九写给我的信，我早已收到了。这是我与你别后第一次接着你的信。漂泊无定、客中孤寂的我，看后是多么的欣慰啊！尤其是你勉励我的许多话，令我十二万分的感动。我决定把他刻在我的心上，永不敢忘。

冰妹妹，我决不灰心、消极。我相信，十分相信，我的前途仍旧是很光明的！失败与小挫是我的事业成就的母亲！只要我们肯努力奋斗，我相信，十分相信，是终有一日会偿了我们的素愿的。不过为了我的四方奔走，使你五年来感受着许多的痛苦、烦闷……完全不有得着人生的乐趣，即使再小一点的，也说不上。因此，我想到了这些，念到了你，就心痛得很。冰妹妹，你的幸福是旧社会把你牺牲了，但我也□小要负一点责的吧？妹妹，我们的幸福确实是被旧社会牺牲了。

我们的成功之日，就是我们的幸福到来之日了。我们忍着痛一些时罢！莲英姊妹已长大听话，你的病久已不发……这些都是使我十分的欣慰的！我日来同三个朋友住在一处，不像以前的寂寞了。我们每日除看书看报等外，也常到各处顽顽，并且做些家乡口味吃吃。说到我的身体，更是比以前好得多了，我到永安公司去称过，比我初来上海时重了十多斤了，看我脸也是比前还要年青一点。你不信等我回来你看就相信了。我在两三日内，如有伴即将整装回来了。其他下次再叙。

祝你们和家中老幼都安好！

（略）

你的昌于上海

四月廿九日

这是张炽于 1930 年 4 月 29 日在上海，写给妻子胡素冰的一封家书。

1920 年，张炽与胡素冰结婚，两人育有两个女儿。妻子胡素冰勤劳善良，十分支持丈夫的革命工作，还捐出家产为他筹集生活经费支持党的工作。在家书的开篇，张炽饱含爱意地呼唤妻子为"冰妹妹"，直抒接到妻子家书的欣喜之情："这是我与你别后第一次接着你的信。漂泊无定、客中孤寂的我，看后是多么的欣慰啊！尤其是你勉励我的许多话，令我十二万分的感动。我决定把他刻在我的心上，永不敢忘。"

革命的道路艰难曲折，然而张炽的心中始终燃烧着共产主义理想之火，坚信革命前途光明。1930 年党的革命事业遭到挫折，白色恐怖弥漫，张炽跋涉大半个中国，在极其困难的条件下坚持工作。他在家书中对妻子说："我决不灰心、消极。我相信，十分相信，我的前途仍旧是很光明的！失败与小挫是我的事业成就的母亲！只要我们肯努力奋斗，我相信，十分相信，是终有一日会偿了我们的素愿的"，"我们的成功之日，就是我们的幸福到来之日了。我们忍着痛一些时罢！"

尽管这样，张炽心中仍挂念妻子，又用轻快的笔调写道："说到我的身体，更是比以前好得多了……比我初来上海时重了十多斤了，看我脸也是比前还要年青一点。你不信等我回来你看就相信了。"字里行间充满着爱意与柔情，憧憬着与亲人团聚的美好时刻。张炽不仅是一名坚韧不拔的共产党员，也是一位深情体贴的丈夫，他忍受着与家人离别的煎熬和漂泊无定的孤寂，甘愿冒着生命危险从事革命活动。

　　烈士已去，精神长存。如今，南京雨花台烈士纪念馆中，张炽的英雄形象与中国共产党早期领导人恽代英、邓中夏等一同展出。在他工作过的地方——大连，政府和人民在英雄纪念公园为其塑像。张炽的故乡云南昆明石林也在他的故居修建了革命烈士纪念馆。这些雕像、建筑无不在向今人诉说着张炽立志报国、百折不挠的光荣事迹和革命精神。

张炽烈士雕像

14 "我在地下有灵，时刻是望着中国革命成功"

（刘愿庵给妻子的遗书，1930年5月6日）

（刘愿庵给姐夫的遗书，1930年5月6日）

"我现在是准备踏着我们先烈们的血迹去就义，我已经尽了我的一切努力，贡献给了我的阶级，贡献给了我们的党。"这是革命烈士刘愿庵被捕后写给妻子的遗书中的一段话。

刘愿庵（1895—1930），原名刘孝友，字坚宇，党内化名坚予、敦信，陕西省咸阳人，自幼随父寄寓四川成都。刘愿庵只上过两年中学，全凭刻苦自学和实践锻炼，学问与文笔、口才闻名遐迩。辛亥革命时，刘愿庵参加学生军，后在川军中任职。1922年，任丰都县县长。1923年参加恽代英在成都组织的"学行励进会"。

刘愿庵

1925年，刘愿庵加入中国共产党，曾任中共重庆地委委员兼成都特支书记、四川省委书记等职。1928年，他作为四川省代表出席了在莫斯科召开的中共六大，当选为中央候补委员。回川时正逢省委机关遭到破坏，代理省委书记张秀熟等被捕。刘愿庵冒着极大的危险，领导重建四川省委，恢复被破坏的组织。在特务横行、白色恐怖的险恶处境下，坚持领导革命斗争。

1929年4月，刘愿庵领导和发动万源固军坝起义。6月，发动川军起义，成立中国共产党四川工农红军第1路军总指挥部。1930年5月5日，刘愿庵与四川省委常委的干部在重庆开会时，因叛徒告密而被捕。5月8日牺牲，时年35岁。

我最亲爱的婉：

久为敌人所欲得而甘心的我，现在被他们捕获，当然他们不会让我再延长我为革命致力的生命，我亦不愿如此拘囚下去，我现在是准备踏着我们先烈们的血迹去就义，我已经尽了我的一切努力，贡献给了我的阶级，贡献给了我们的党，我个人的责任算是尽了。所不释然于心的是此次我的轻易，我的没有注意一切技术，使我们的党受了很大的损失。这不仅是一种错误，简直是一种对革命的罪过，我虽然死了，但对党还是应该受处罚的。不过我的身体太坏，在这样烦剧而受迫害的环境中，我的身体和精神，表现非常疲惫，所以许多地方是忽略了。但我不敢求一切同志原谅，只是你——我的最亲爱的人，你曾经看见我一切勉强挣扎的困苦情形，只有希望你给我以原谅，原谅我不能如你的期望，很努力地、很致密地保护我们阶级先锋队，我只有请求你的原谅。

对于你，我尤其是觉得太对不住了。你给了我的热爱，给了我的勇气，随时鞭策我前进、努力；然而毕竟没有能如你的期望，并给与你以最大的痛苦。我是太残酷的对你了。我唯一到现在还稍可自慰的，即是我曾经再四的问你，你曾经很勇敢的答应我，即使我死了，你还是——并且加倍的为我们的工作努力。惟望你能够践言，把死别的痛苦丢开，把全部的精神，全部爱我的精神，灌注在我们的事业上，不要一刻懈怠、消极。你的弱点也不少，所对一切因循，缺乏勇气与决心，加以极大的补救，你必须要像《士敏土》里的黛莎一样，"有铁一样的心"。

我如此算了，我偶然想起，觉得有点可惜，我的某部份过人的精神和智能，若是不死，对于我们的工作，是有许多贡献（虽然我一方面有许多弱点）。然而现在是不可能了。我饱受了一切创痛，我曾经希望我们有一个小宝宝，我当以我的一切经验教育他，指导他，使他成为一个模范的布尔什维克，现在也尽成虚愿了。所惟一希望的，只是你，我唯一亲爱的人，我的同志，希望你随时记着我的一切，记着我某一些精神和处理工作的作风，继续我的工作，同时也随时记着我的一切弱点，我俩共同的弱点，努力去纠正——挽救我的罪过。

关于你的今后，必须要努力作一个改革的职业家，一切去教书谋生活等个人主义的倾向，当力求铲除，这才算真正的爱我。假如我死后有知，我俩心灵唯一的联系，是建筑在你能继续我们的工作与事业，而不是联系在你为我忧伤和忠诚不二上面。这是我理性的自觉，决不是饰词，或者故意如此说，以坚你的信爱，望你决不要错认了！

（略）

对于我的家庭，难说，难说，尤其是贫困衰老的父亲。（略）整个社会无量数的老人在困苦颠连中，我的家庭，我的父亲，不过无量数中之一份子而已。我的努力革命，也何尝不是为此。然而毕竟对于家庭、对于父亲是太不孝了。社会是这样，又复何说。此后你如有力，望于可能时给父亲以安慰和孝养，尤其是小弟妹，当设法教之成立，这是我个人用以累你的一件事。不过对于我死的消息，目前对家庭，可暂秘密不宣，你写信去说我已经到上海或出国去了，你随时捏造些消息，去欺骗父亲好了。不过可怜的父亲，是有两个儿子的生或死，永远不能知道了。（略）

（略）望你不要时刻想起我，尤其两年来一切同居的快乐，更不要无谓的去思量留恋，这样足以妨害工作，伤害身体，只希望你时时刻刻记起工作，工作，工作。

我被捕是在革命导师马克思的诞生晨九点钟。我曾经用我的力量想消毁文件，与警察殴斗，可恨我是太书生气了，没有力量如我的期望，反被他们殴伤了眼睛，并按在地下毒打了一顿，以致未能将主要的文件消毁，不免稍有牵连，这是我这两日心中最难过的地方。只希望同志们领取这一经验，努力军事化，武装每个人的身体。

（略）

我今日审了一堂，我勇敢的说话，算是没有丧失一个布尔什维克主义者的精神，可以告慰一切。在狱中，许多工人对我们很表同情，毕竟无产阶级的意识是不能抹杀的，这是中国一线曙光。我们的牺牲，总算不是枉然的，因此我心中仍然是很快乐的。

（略）

再，我的尸体，千万照我平常向你说的，送给医院解剖，使我最后还能对社会人类有一点贡献。如亲友们一定要装殓费钱，你必须如我的志愿与嘱托，坚决主张，千万千万，你必须这样，才算了解我。

我在拘囚中与临死时，没有你的一点纪念物，这是心中很难过的一件事。但是你的心是紧紧系在我的心中的，我最后一刹那的呼吸，是念着你的名字，因为你是在这个宇宙中最爱我、最了解我的一个。

别了，亲爱的，我的情人，不要伤痛，努力工作，我在地下有灵，时刻是望着中国革命成功，而你是这中间一个努力工作的战斗员！

你的爱死时遗言
五月六日午后八时

这是刘愿庵于 1930 年 5 月 6 日，写给妻子周敦婉的遗书。

在审讯中，面对四川军阀首领刘湘每月 800 元大洋优厚的条件诱降，刘愿庵严词拒绝，他自豪地介绍自己是"全世界无产阶级的斗士，中国共产党党员，四川省委书记刘愿庵"。他慷慨陈词，说自己信仰马列主义，加入中国共产党，是经过仔细研究和长期考虑的，是为了中国社会向前发展，也是自己的人生观，至于生死之事，早已置之度外，决没有什么退出共产党可言！刘愿庵在遗书中写道："我勇敢的说话，算是没有丧失一个布尔什维克主义者的精神，可以告愿一切。"充满了共产党人坚定信念与乐观精神。

身陷囹圄，刘愿庵所检讨的，是革命事业未尽的遗憾。在遗书中，他倾诉了对爱人最后的希望，说自己已尽了一切努力，把自己的全部贡献给了党，贡献给了革命事业，尽到了个人责任；

不能原谅自己的是，没能将主要文件销毁，使党受到了损失。同时，他又对国家的未来和民族的前景充满希望，"无产阶级的意识是不能抹杀的，这是中国的一线曙光"，在遗憾与希望中，更加凸显了刘愿庵对党和人民的赤胆忠心，为无产阶级革命事业奉献一切的无私品格。遗书中不仅展现了刘愿庵的民族大义，也流露共产党人的儿女柔情。就义前夕，他深情写下"我最后一刹那的呼吸，是念着你的名字"，表达了对志同道合的革命爱侣的不舍与牵挂。但是，作为革命者，他没有沉溺于个人小爱，而是化小爱为大爱，希望妻子在自己牺牲后，仍记得曾经的话，加倍努力工作，"把全部的精神，全部爱我的精神，灌注在我们的事业上，不要一刻懈怠、消极"，不要软弱，要像小说里的主人翁，"有铁一样的心"。这些谆谆嘱咐，处处彰显出一位共产党人面对死亡时的从容与淡定。

刘愿庵的姐夫周竹虚时任刘湘部下的师参谋长，奉命前去劝降，也遭到严辞拒绝。刘愿庵抱定必死的决心，给姐夫写下遗书，交代身后事。

如今，刘愿庵写给姐夫的遗书藏于重庆三峡博物馆，这封遗书长 29 厘米，宽 24 厘米，以毛笔书写，历经沧桑依然闪耀着信仰的光芒。"此身纯为被压迫者牺牲，非有丝毫个人企图"，刘愿庵的革命初心和理想跨越时空继续激励着后人。

竹虞大兄端鉴：弟之到蓉终不能为兄赞同，而弟亦不能如兄
历年谆之劝弟改变工作，弟而兄始终对弟之爱护有加，及对于
舍南之拂实亦无名中不敢教忘，希吾永读，舍及今世不能
有所图报，实深愧万，所可以自慰者，吾身虽为被屡迫者，而不
牺牲，非有丝毫个人企图，吾为吾所信知，必能谅解，高不
致少一般偷夫走卒之责骂，或者吾为所以报德者也、舍南状
况无得言而为兄所尽悉、敢以累兄财加欣助以待弱弟姐之成立
志外弟于姑一身、毫无牵累、亦别无所求、至弟之尸体已
婿送之医院解剖、以尽郑最后对人类之贡献、兼望勿加阻
止、虚耗金钱、寄弟婿遗至一封、务希设法转寄、勿任遗
失、至所盼望、弟之死亦别、对舍南务请秘审、勿使老亲知
之、即也弟正出川、代弟掩蓋、四姊壽高望劝其勿过悲伤、人
生谁不有死、弟今日之死、虽不能读成仁两义、亦毅国死
嘛下多多矣、临颖偷神歌言不尽即恍

起居多福诸维谅察

弟友遗书

刘愿庵给姐夫的遗书　1930年5月6日

旧友多不愿往托，如均逸、君彤等。人情冷暖，托之无益，惟兄可酌商之。

竹虚大哥赐鉴：

弟之行动始终不能为兄赞同，而弟亦不能如兄历年谆谆劝告放弃工作。然而兄始终对弟之爱护有加，及对于舍间之照拂，实永藏心中不敢或忘。兹当永诀，念及今世不能有所图报，实深歉仄。所可以自慰者，此身纯为被压迫者牺牲，非有丝毫个人企图，素为兄所深知，必能谅解，而不致如一般伧夫走狗之责毁，或者此亦所以报德者也。舍间状况不待言而为兄所尽悉，敢以累兄时加顾助，以待弱弟妹之成立。此外弟孑然一身，毫无系累，亦别无所求。至弟之尸体，已嘱送之医院解剖，以尽我最后对人类之贡献，万望勿加阻止，虚耗金钱。寄弟妇遗函一封，务请设法转寄，勿任遗失，至所盼望。弟之死耗，对舍间务请秘密，勿使老亲知之，即以弟已出川代为掩盖。四姊处亦望劝其勿过悲伤。人生谁不有死，弟今日之死，虽不能说成仁取义，亦较困死牖下多多矣。临颖伧〔怆〕神，欲言不尽。即颂

起居多福，诸维谅察。

弟友遗书

在遗书的开头，刘愿庵向姐夫周竹虚表达了关爱自己的感激之情："弟之行动始终不能为兄赞同，而弟亦不能如兄历年谆谆劝告放弃工作。然而兄始终对弟之爱护有加，及对于舍间之照拂，实永藏心中不敢或忘。"这体现出，他是一位重情重义的好男儿，更是一名信仰坚定的真斗士。

　　遗书的最大篇幅是刘愿庵对家人和自己后事的交代。对年幼的弟妹，刘愿庵嘱托姐夫："时加顾助，以待弱弟妹之成立。"对年迈的父母，他叮嘱姐夫："弟之死耗，对舍间务请秘密，勿使老亲知之，即以弟已出川代为掩盖。"对深爱的妻子，他另有遗书一封，托姐夫"设法转寄，勿任遗失，至所盼望"。至于自己的遗体，"已嘱送之医院解剖，以尽我最后对人类之贡献，万望勿加阻止，虚耗金钱"。

　　刘愿庵宽慰姐夫："人生谁不有死，弟今日之死，虽不能说成仁取义，亦较困死牖下多多矣"，他之所以参加革命，牺牲自我，为的是"被压迫者"，丝毫没有"个人企图"。这是刘愿庵一生的奋斗目标，也是他对自己一生的总结。

　　刘愿庵因长期奔走革命，积劳成疾，平时就已多次吐血，临刑时他以生命中最后的力量高呼口号，一口鲜血骤然从口中喷出，溅到刑场旁边的照壁上。一片丹心为民族，满腔热血化碧涛。刘愿庵用鲜血浸染了巍峨的历史丰碑，以生命谱写了悲壮的英雄绝唱。烈士英灵不朽，浩气长存！

15 "为公身殉，亦何足惜"

（刘厚福给家人的遗书，1930 年 8 月 23 日）

19 岁，如今正是上大学，憧憬未来美好生活的年龄。但是在八九年前，一名青年却毅然投身革命，舍生取义，这位 19 岁的革命者，名字叫做刘厚福。

刘厚福（1911—1930），号汉中，湖南衡山人。6 岁进入国民小学读书，后考取衡山城关楚材高等小学。1926 年 9 月，加入中国共产主义青年团。1927 年，衡山的农民运动如火如荼，16 岁的刘厚福当选为衡山团地委执行委员，在县城小有名气。同年，毛泽东两次来到衡山考察，刘厚福聆听了毛泽东有关农民运动的讲话，特别记住了毛泽东关于农民运动要广泛发动群众，要帮助群众解决实际困难的话，组织共青团员和进步学生，进行调查研究，了解农村情况。

刘厚福组织全县青年团员和进步学生召开大会，他宣布："要像毛泽东那样，到农村去，了解群众的政治要求、经济要求，尤其要注重了解贫苦农民群众的日常生活问题，诸如柴、米、油、盐等。"他还注意加强对进步青年的培养教育，壮大了衡山县的团组织。不久，他加入中国共产党。

1927 年 5 月 21 日长沙发生马日事变，白色恐怖笼罩全省城乡。刘厚福离开家乡去往江西，进入国民党中央政治学校学习，从事党的地下工作。1930 年 7 月，刘厚福只身前往长沙。这时，正值彭德怀率领红三军团准备攻打长沙，他与长沙地区党组织取得联系后，联络工人、学生、小商、小贩，准备积极迎接红军进城。8月初红军撤出长沙后，刘厚福留下来坚持地下斗争，因叛徒告密不幸被捕。同年8月25日牺牲，年仅19岁。

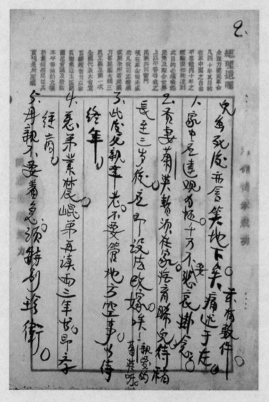

刘厚福给家人遗书　1930年8月23日（一）

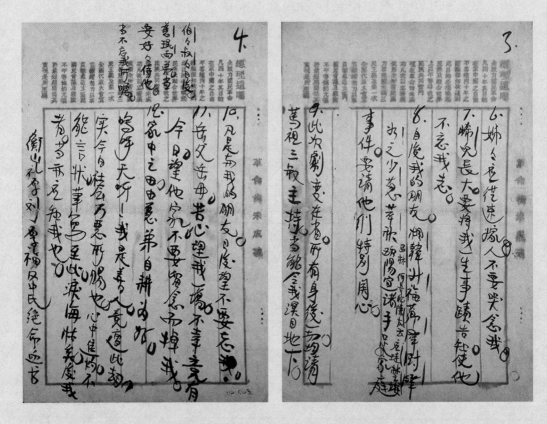

刘厚福给家人的遗书　1930年8月23日（二）

绝命遗书 ①

　　　　民国十九年又六月廿九（农历）夜五时

亲爱的双亲、弱弟、妻儿呀！

———————

① 遗书第一页天头有句："此信请永久保留。"

厚此生不幸，身临浩劫，为公身殉，亦何足惜。返顾家庭贫寒，二老年老，弱弟孤儿，及结发贤妻，骤闻凶耗，痛何极耶！事已至此，大人阖家万万不要无益悲哀。惟望曦儿长大留守梓里，为工为农，光大门闾，毋忘父难。儿虽死后亦含笑地下矣！兹有数件，痛述于左：

1. 家中应达观为怀，千万不要悲哀挂念。

2. 贤妻菊英暂须在家，抚育晞儿，待稍长至三岁后应即设法改嫁。唉！亲爱的菊英呀！

3. 此后父亲年老，不要管地方空事，以待终年。

4. 慈弟业农，崐弟再读两三年书，即学经商。

5. 母亲不要着急，须特别珍卫。

6. 姊姊应从速嫁人，不要哭念我。

7. 晞儿长大，要将我一生事迹告知，使他不忘我志。

（略）

呜呼天呀！我是善人，竟遭此劫，实今日社会万恶所赐也。心中焦灼，不能言状。笔写至此，泪海枯矣，后我者，当亦应知我也。

　　　　衡山礼厚刘厚福汉中氏绝命血书①

这是 1930 年农历闰六月二十九日（8 月 23 日）刘厚福临刑前，写给双亲、弟弟、妻儿的遗书。

在狱中，刘厚福备受严刑拷打，始终坚强不屈。在遗书中，谈到自己的命运，刘厚福表示无怨无悔，"为公身殉，亦何足

---

① 信尾天头有句："伯伯、叔叔，日后慈琨两弟当要好好待他，当不忘我所嘱。"

惜"。所不舍与挂念的，是家中的父母、弟弟和妻儿。他劝慰家人不要悲哀，应达观为怀。他忍住悲痛，冷静地交代后事。对结发妻子，他嘱咐道："抚育晞儿，待稍长至三岁后应即设法改嫁。"即便万般不舍，也希望妻子寻得余生的幸福，彰显出铁骨柔情。对年幼的孩子，他希望儿子长大后，继承他的遗志，"为工为农，光大门闾"。作为一位丈夫、一位父亲、一位兄长，他对家人怀着深深的爱意和不舍；但作为一名共产党员，他始终抱着坚定的理想和信念，"呜呼天呀！我是善人，竟遭此劫，实今日社会万恶所赐也。"既是悲愤，又是控诉，刘厚福清醒地认识到，自己和千千万万同道人的悲剧，都是旧社会造成的。

　　如今，他所愤恨的旧社会早已被推翻，无数革命先辈用生命换来了今天的幸福生活。

16 "身为自由死，志达而心安"

（李仙舟给妻子的遗书，1930 年 12 月 20 日）

"身为自由死，志达而心安"，这是李仙舟烈士给妻子绝笔遗书中的一句话。

李仙舟（1908—1930），曾用名李树修、李树珉等，又化名袁树人，出生于四川涪陵（今属重庆）一个乡村中医家庭。家有兄妹六人，李仙舟排行第五。他念过七八年私塾。当时，老同盟会员、川军名将——李仙舟的大哥李蔚如退居乡里，创办了新式学校——大顺更新校，李仙舟便进入该校高小部读书，他刻苦读书并受到大哥李蔚如民主

李仙舟

进步思想的影响。1925 年李仙舟考入重庆治平中学，常听共产党员萧楚女等人的讲演，阅读《向导》《中国青年》等进步刊物，思想水平大大提高，后被选为学生会会长。1926 年春，李仙舟加入中国共产主义青年团，不久加入中国共产党。1927 年 4 月，回到家乡投身农民运动。6 月，涪陵县农民协会成立，李仙舟被选为秘书长。他积极发动群众开展反封建斗争，打土豪，除恶霸，反对军阀。1928 年 2 月，中共四川省委传达八七会议精神，李仙舟决定组织春荒暴动。他被派往武隆建立农民协会，准备武装暴动。3 月下旬，农民武装杀死当地土豪，夺枪百余支，拉起三百多

人的队伍。但因参加起义的土匪头子反水，致使武装暴动失败。7月，李仙舟经组织介绍去往上海，进入华南大学文学系学习。不久，任党支部书记。后被中共江苏省委任命为上海市法南区委组织部长，负责整顿组织，发展党员，建立工厂、企业、学校、街道中的党支部、党小组。同时，李仙舟为与组织失去联系的党员查找关系，恢复身份；为缺乏经验的青年指点迷津。

1929年，李仙舟任中共沪西区委组织部部长。1930年冬，任中央特派员，奉命前往武汉中共中央长江局工作。由于党的"左"倾错误的领导，红军进攻武汉、长沙、南昌等城市的战斗失败，此时的武汉处在极为严重的白色恐怖之中。李仙舟怀着满腔的革命热忱，不怕流血牺牲，以大无畏的革命精神，积极恢复组织，发动群众，准备进行武装暴动。不久，长江局被叛徒出卖而遭破坏，李仙舟与十余位同志不幸被国民党武汉警备司令部稽查处逮捕。在狱中李仙舟写下给妻子莹璧的遗书后即被杀害，年仅22岁。

莹璧吾爱：

我从此和你永别了，身为自由死，志达而心安，望你千万不要因此伤心。现在我有数事祝望于你：

（一）你为我牺牲几年幸福，我当谨谢你的爱，但我不忍你整个人生的幸福为我一个人牺牲，我今以至诚劝你别求一良好伴侣，追求你未来的幸福。

（二）先□儿是我给你的唯一纪念品，由你带去，但望你爱人以德，不要使他堕落，辜负我对他的希望。

（三）到处青山可埋骨，你千万不要为我收骨，且尸体已被消灭，收上徒劳罢。此后我再不能作你一个安慰者，一切都希望你从宽处着想。请了，梦中相见吧！

你的爱树

十二月二十日绝笔

　　这是李仙舟牺牲前，写给妻子的绝笔遗言。遗书由当时在上海读书的侄子李亦民（即李蔚如烈士的儿子）代为转交。

　　"生命诚可贵，爱情价更高。若为自由故，二者皆可抛。"匈牙利诗人裴多菲的这首诗激励过无数人。遗书中，李仙舟平静表达了为革命理想而赴死的决心："身为自由死，志达而心安"。为了挽救国家危亡，争取民族自由，李仙舟舍生忘死，捐躯赴难。李仙舟十分感激妻子为家庭的奉献与对自己的爱，不忍妻子用"整个人生的幸福"为自己牺牲。他诚恳地劝慰妻子"别求一良好伴侣"，追求自己的幸福生活。字里行间饱含着他作为一位丈夫对妻子的深深爱意。作为一位父亲，他对儿子也寄予了殷切的希望。他叮嘱妻子好好教育儿子，"不要使他堕落，辜负我对他的希望"；并告诉妻子不要为他收尸骨，因为"到处青山可埋骨"。李仙舟牺牲后，妻子不负他的期望，把儿子李庆赤抚养成人。1949年后，李庆赤进入二野军大三分校学习，并参加中国人民志愿军，在抗美援朝的战场上献出了宝贵的生命。李仙舟同他的大哥李蔚如一样，为革命视死如归的豪情感动了无数人。拼将热血撑天地，剩有浩气照古今。李蔚如、李仙舟满门忠烈，红色家风代代传承。

17 "要坚持真理，经得起各种各样的考验"

（王若飞致妻子，1931 年 10 月以后）

　　"为了保存一个人的生命，而背叛了千万人的解放事业，遭到千万人的唾弃，那活着还有意思？"革命志士王若飞曾这样说道。

王若飞

　　王若飞（1896—1946），原名王运生，号继仁，曾用名王度、雷音，化名王敬斋。贵州安顺人。杰出的无产阶级革命家、共产主义先驱。王若飞从青年时代起就饱含热情地追求革命真理，1918 年赴日本东京明治大学学习，开始接触马列主义。1919 年10 月，前往法国勤工俭学。1922 年，与赵世炎、周恩来发起成立旅欧中国少年共产党。1923 年春赴苏联进入莫斯科东方劳动者共产主义大学学习，深入研究了中国革命和世界革命的有关问题。4 月转为中国共产党党员。1925 年，王若飞由莫斯科留学归国，开始了他作为一个职业革命家火热而动荡的战斗生涯。1926 年王若飞到达上海，任中共中央秘书部主任（即秘书长），处理中共中央大量的日常工作，积极发表文章，揭露帝国主义破坏国民革命的罪行。他还参加上海工人第三次武装起义的组织和指挥工作。随后到武汉出席中共五大，会后担任中共江苏省委常委。

1928 年 6 月，王若飞赴莫斯科参加中共六大，后任驻共产国际代表团成员，并在列宁学院学习。1931 年奉命回国组织西北工委，领导开辟陕甘宁绥一带农村革命根据地的工作。此时，国民党政府疯狂推行白色恐怖政治，残害革命志士。由于叛徒出卖，王若飞不幸在包头被国民党当局逮捕。当敌人要闯进住室的紧急时刻，他机警地烧掉了党的秘密文件，并将秘密名单飞快地塞进嘴里。得知敌人掌握了自己的身份和来历后，毅然公开承认自己是共产党员。在狱中，王若飞始终严守党的秘密，继续开展革命工作。他不仅寻找机会对狱友们进行革命教育，还坚持学习和写作，写下了大量宣传马克思主义的光辉著作，如《中国农民战争》《党的建设》《中国共产党简史》等。

1937 年全民族抗战爆发前夕，王若飞获释回到延安，先后担任中共陕甘宁边区委员会宣传部部长、第十八集团军副参谋长、中共中央秘书长等职。他以饱满的热情认真投入工作，在深入调查研究的基础上，撰写了许多政治、军事文章，积极宣传党的抗日民族统一战线的方针政策，并参与了许多重大方针、政策的制定，对推动抗日根据地各项建设事业做出了重要贡献。毛泽东曾多次夸赞说："若飞是我们的理论家。"1945 年 6 月，他在中共七大上当选为中央委员。

抗日战争胜利后，王若飞作为中央代表陪同毛泽东、周恩来飞抵重庆，参加国共谈判。从 9 月 4 日到 10 月 10 日，国共两党谈判代表举行了十次正式会谈，周恩来是中共代表团的首要发言人，王若飞配合周恩来做了多次发言。10 月 10 日"双十协定"

签字后，王若飞协助周恩来与国民党代表继续谈判。1946 年 1 月，作为中共代表之一，出席了在重庆召开的政治协商会议，他团结民主人士，同国民党进行了针锋相对的斗争。

4 月 8 日，王若飞携带着中共代表团就宪法、国民政府组成等问题同国民党谈判的最后方案，与叶挺等 13 人乘飞机回延安，准备向中共中央请示汇报。临回延安前，他向周恩来道别说："一切要为人民打算。"不幸的是，因气候恶劣，飞机在山西兴县黑茶山失事坠毁，同机 13 人全部遇难，王若飞时年 50 岁。周恩来在《四八烈士，永垂不朽》的悼念文章中写道："若飞！你最后一席话，是为中国人民及其代表所受到的统治者的压迫鸣不平的。我记住，我永远记住。"

培之，忘掉我！不要为我的牺牲而伤痛，集中精力进行战斗，继续努力完成党的事业……

永远跟着党走，要坚持真理，经得起各种各样的考验，要用生命来卫护党的团结，捍卫党的利益……

培之，别了，我们在红旗下聚齐，又在红旗下分手，战士们虽然在红旗下倒下，但革命的红旗却永远不倒，它随着战士的血迹飘扬四方！这就是我们的胜利！请你伸出双手，来迎接我们的胜利吧！

这是王若飞 1931 年 10 月之后，写给妻子李培之的家书。

王若飞与李培之是一对"在红旗下聚齐"的革命伉俪，相识并结合于王若飞在豫陕区委工作期间。李培之于 1924 年加入中国共产党，是中共保定市委委员。王若飞写下这封信时，李培之正在湘鄂西洪湖革命根据地。此时，国民党政府疯狂推行白色恐怖政治，残害革命志士。在这种严峻的形势下被捕，王若飞视死如归，谆谆叮嘱妻子不要悲痛，"集中精力进行战斗，继续努力完成党的事业"，"要坚持真理，经得起各种各样的考验"。面对有可能到来的死亡，王若飞坚定革命信仰，即使与妻子分别，死在反动派的屠刀下，也等同于"在红旗下分手"。如果他个人倒下了，"但革命的红旗却永远不倒，它随着战士的血迹飘扬四方！这就是我们的胜利！"革命乐观主义精神充盈于笔端。怀着对理想信仰的坚定追求，王若飞在近六年的铁窗生活中，始终坚贞不屈，表现了一个共产党员的崇高气节。

李培之晚年回忆往事，说道："我共接到他十几封来信，字里行间仍然充满着乐观的情绪，体现了一个共产党员真正宽广博大的胸怀。"如今，硝烟已经散尽，但英烈的初心与理想永远激励着我们勇敢向前！

2009 年，王若飞被中共中央宣传部、中共中央组织部等部门评为"100 位为新中国成立作出突出贡献的英雄模范人物"。

王若飞纪念馆（铜像）

18 "能虚心学习，就有进步"

（梅其彬致妹夫，1933 年以后）

南溪村，坐落在离亭旁镇约五里的东南角，群山环抱，风景秀美，是一个英雄豪杰辈出的地方。亭旁起义的重要谋划者梅其彬就出生在这里。

梅其彬

梅其彬（1910—1935），化名章亮道，浙江三门人，自幼小入私塾读书。1925 年夏就读于浙江省第六中学，学业优异。1927 年，加入中国共产主义青年团。为贯彻执行党的八七会议精神，他于 1927 年冬放弃即将取得的文凭回到家乡。他毅然决然带头减租，送缴田契，出钱出粮，资助革命，把自己的家变成联络站。梅其彬在南溪村办起大同初级小学，自任校长，以学校为据点，发动农民进行武装斗争。

1928 年，梅其彬加入中国共产党。5 月参加了当地农民武装起义——亭旁起义。他虽未担任要职，但实际起了重要作用。筹集枪支、弹药、给养，了解敌情，布置防务，均落在他的肩上。此时，国民党调动了反动部队"围剿"亭旁农民武装。梅其彬等率领部分红军扼险阻击，以低劣的武器击退装备精良的反动派部队的猖狂进犯。后因腹背受敌，弹尽援绝，只得疏散隐蔽。亭旁起义失败后，梅其彬奉调到天台，化名章亮道。7月任共青团临海县委书记。9月调任中共浙南特委机关，负责机关和浙南共青团工作。12月中旬，参加在海门召开的中共浙南特区委员会会议。会后，被国民党浙江省保安团拘捕，囚于浙江陆军监狱，判刑7年，后因叛徒指认，被重判无期徒刑。

梅其彬在狱中长期受反动派的摧残，于1935年8月被折磨至死，年仅25岁。

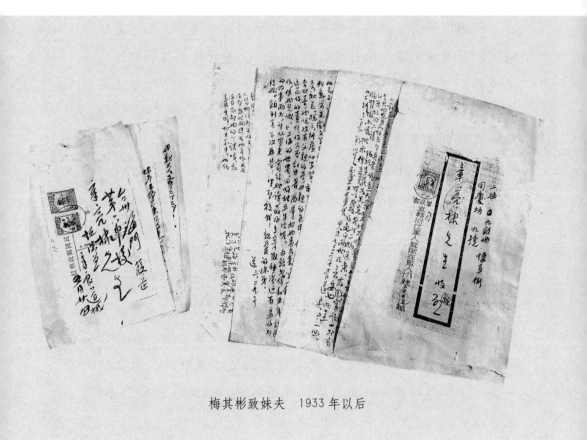

梅其彬致妹夫　1933年以后

棣弟：

前后三函并大洋伍元收到，勿念。你趁春假机会，回里探问母亲一次，万分应该的，不过不要逗留太久，免旷功课。母亲待你特别好，俗语说"皇帝爱长子，百姓爱小儿"，如果没有她，的确，恐怕你进大学的钱都成问题呢！所以，当此之时，你更要特别细心，才能报答她于万一。三月十七号来信中所问各点，受官长检查时裁了，我无从答复起，大概是你写得欠明白缘故，以后望你写好些！

我的案子仍在军法会审处，没有移交高等法院，恐怕是你弄错了。至于解反省院的日期，现尚未到，届时我会告诉你的。你说设法，我还不懂是怎么一回事。用的东西，还是我自己买便当，你可以不必去买来寄给我。申哥病中苦况，是可想而知的，他对我俩兄弟实在恳切，现在我不能在旁边服侍他，你须时时到他住处安慰，千万不要让他一人心焦。可能时，劝他进医院，身体是最紧要，一厘都不可疏忽的。你能和他来接见我一面，当然我听了这话非常高兴，因为自你去年看我后，直至今未见亲人过。

自从你去年寄给我的书后，我就没有买到其他好的新书，所以非常苦恼。望你叫申哥寄几本哲学、历史书给我，至于何书是好或不好，他是知道的，我不告诉了，你问他就是。你自己在课外应该归〔规〕定书看，我意可先阅文学及杂志，论文稍迟一步。至于怎样看法，你也去问申哥就是。总之，能虚心学习，就有进步。

近日接到美妹来信，我非常欢喜。她说没有父亲的苦，母亲的无用。我觉得你应该指导她，这是你的责任。你可否和申哥商量，把她带出来，学一种轻便的工作，使她见识见识上海的世界，同时独立生活呢？《白话书信》和《五年计划的故事》两书，望你买来寄给她读，最好多寄几种浅近有益的书给她。

饭到了，下次再告！望即复我！亲爱的棣弟！

道
三、二九号

这是梅其彬在狱中写给妹夫章亮棣的家书，据内容推测写于1933 年以后。

梅其彬虽然身陷囹圄，却十分关心妹妹、妹夫的成长，写信要他们努力看书学习。当时，梅其彬的妹夫章亮棣正在上海大夏大学读书。章亮棣是同县人，其父是当地大绅士章必亭，长兄章良祯后任海游镇长。写下这封家书时，梅其彬的弟弟梅其广也已被捕入狱。听到章亮棣等将来探望自己的消息，梅其彬自然非常高兴。信中所说的美妹，就是梅其彬的妹妹梅金美，梅其彬希望妹妹"学一种轻便的工作"，自立于社会。

狱中信息闭塞，他在家书中叮嘱："自从你去年寄给我的书后，我就没有买到其他好的新书，所以非常苦恼。望你叫申哥寄几本哲学、历史书给我。"共产党人并未耽于思念家人的情绪里，也不会因环境的改变而停止追求真理的脚步。在前进路上，他也十分关心家人，希望美妹能见识广大的世界，进一步成长，折射出梅其彬丰富的内心世界以及对美好未来的憧憬与向往。

在服刑期间，梅其彬一面组织难友为改善生活而斗争，一面组织难友学习文化知识，1932 年起任监狱的中共党支部书记，并创办了名为《鹤嘴锄》的刊物（用削尖的筷子蘸墨，将文章写在面盆底上，传看过后，即用湿毛巾擦去）。他不但自己坚持学习马列主义书籍，还组织难友学习，并自学日文。

对监狱看守的宣传、争取工作，梅其彬也积极展开，许多书报都是通过看守从狱外送进去的，凡是与他同狱过的难友无不赞夸梅其彬是个好党员好同志。例如，徐行之曾说："其彬同志意志坚强，为真正革命同志所敬爱，对党忠诚，不被敌人所利诱，更不会受敌人威胁而惧怕，无产阶级的战斗立场坚定，相反为敌人所惧怕。"

19 "共产党终必成功"

（苟永芳给父亲和妻子的遗书，1934年2月）

"你如果问你爸爸为什么死的，我说，是为无产阶级革命而牺牲的。孩子，快长大吧！长大了，不要忘记你的爸爸，不要忘记你爸爸的事业！"这是一位烈士就义前夕，留给其爱女的遗言，体现了一个无产阶级革命家视死如归的大无畏精神。这位烈士就是苟永芳，先后任共青团四川省委书记、中共四川省委宣传部长、中共四川省委代理书记，是著名的四川"少共三杰"之一。

苟永芳（1908—1934），又名方明，化名王明远、尹大成，四川自贡人。六岁丧母，由二嫂抚养成人。他自小学习刻苦，成绩优异。1919年，五四运动的风暴席卷全国，自贡地区相继组织了"国民外交后援会"、"学生联合会"。其时，年仅11岁的苟永芳在进步师生带领下，积极投身于反帝反封建的革命洪流之中。苟永芳满腔热情地向民众讲演，传播爱国主义思想。当讲到"我们中国人誓死不做亡国奴"时，往往声泪俱下，听众无不为之深深感动。1922年上半年，著名共产党人恽代英自泸州去往成都途中发表了一次鼓动人心的讲演。苟永芳倾听之后，十分激动，开始懂得劳

苟永芳

动人民为什么这样穷，中国为什么这样弱的道理。他认识到只是埋头读书，解除不了家庭的贫困，挽救不了国家的危亡，只有打倒军阀，打倒帝国主义，才能根本上解决家贫国弱的问题。恽代英的一席话，为他指明了一条新的道路。

1926 年秋，苟永芳考入国立成都高等师范学校英语部，与张博诗等同学加入中共领导的进步团体——"导社"，并担任主要领导工作，与国民党右派势力在该校领导的"惕社"展开针锋相对的斗争。1927 年 4 月 12 日，蒋介石发动反革命政变，疯狂屠杀共产党人，白色恐怖笼罩全国城乡。此时，不少共产党人被害，有的人动摇，有的人退却，苟永芳在疾风骤雨中经受锻炼，勇往直前，矢志革命，并于同年 8 月加入中国共产主义青年团。1928 年 1 月，加入中国共产党。历任中共川东特委书记、中共四川省行动委员会秘书、共青团四川省委书记等。苟永芳是一个杰出的青年运动的领导人，在工作中勤恳耐劳，对同志和蔼可亲，在青年同志中享有盛誉。苟永芳从事革命期间，与火柴厂女工郭瑶芝结识并结成革命伉俪。郭瑶芝，本姓蒋，三台人，从事妇运工作。1933 年，苟永芳在主持共青团四川省委常委会议时，因叛徒出卖不幸被捕。1934 年 2 月 15 日，被反动派杀害，时年 26 岁。

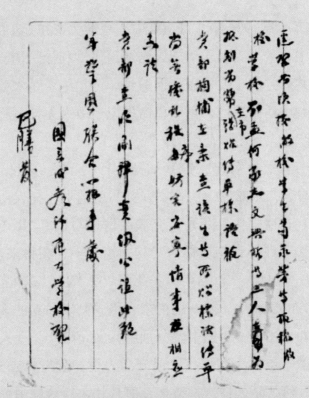

国立成都高等师范学校函请开释本校学生苟永芳函件

父亲:

儿将被屠杀,父勿悲而忧无子。共产党终必成功,继后必有许多青年认你为父,幸福日子犹在将来也。

瑶芝:

你为党中最忠实份子，无烦我叮嘱，以后勿以我死而灰心意冷，忘却前进。

这是苟永芳 1934 年 2 月在狱中，写给父亲和妻子的遗书。

在狱中，敌人对苟永芳施以酷刑逼供，利禄引诱，企图从他口中得到共产党内重要机密，但遭到严词拒绝。苟永芳借机痛斥叛徒，历数反动派罪行，宣传革命思想。敌人无计可施，不得不承认"共产党人是不可征服的！"

苟永芳被关在死牢，镣铐加身，行动不便，但仍和往常一样，谈笑自若，艰难写字、撰文，并写就遗书，托人传到监外转交给家人。在遗书中，苟永芳充满激情地写道："共产党终必成功，继后必有许多青年认你为父，幸福日子犹在将来也。"对妻子则多了几分温情："以后勿以我死而灰心意冷，忘却前进。"

苟永芳的遗物中，除一篇尚未完稿讽刺国民党的文章《孔子出洋记》外，还有三封遗书，分别给其父苟建文、爱人郭瑶芝及其幼女。遗书虽然字数不多，但充满力量，豪情壮志充溢其间。这种志向，何其高远！这种情怀，何其壮大！这种用鲜血和生命铸就的家书，充满振奋人心的力量，激励一代又一代革命接班人踏着先烈的足迹继续前进。

20 "父亲在世之时常念儿不回家"

（翁泽生致妹妹，1935 年 3 月 2 日）

（翁泽生致母亲，1935 年 4 月 30 日）

　　腐败无能的清政府输掉了甲午战争，不得不将宝岛台湾割让给日本侵略者，物产丰饶、风景优美的台湾沦为了日本的殖民地。但不畏强暴、热爱乡土的台湾人民一直在反抗殖民者的残暴统治和封锁同化政策，无数志士还往来于大陆与宝岛之间，组建共产党组织，共同抗日。翁泽生就是其中一员，被誉为"台湾最光辉的一颗红星"。

　　翁泽生（1903—1939），在地下革命斗争中曾化名翁振华、翁定川、陈祥麟、龚聪贤等。他出生于台北市一个经营茶叶生意的家庭，祖籍福建厦门。其父翁瑟士正直勇敢，厌恶日本的殖民统治，是一位民族意识很强的爱国商人和进步人士。由于日本在台湾推行奴化教育，强迫所有中学生学日文、讲日语，翁瑟士便将儿子翁泽生送回厦门求学。在祖国大陆，翁泽生受到马克思主义思潮的影响，与当地的台湾籍学生联合组成了闽南台湾学生联合会，满怀热情地投入反帝反封建的爱国运动。同时，他还常常来往台湾和福建，将祖国革命斗争的风起云涌告诉台湾人民，团结台湾当地进步青年，宣传

翁泽生

民主爱国精神和马克思主义思想，开展反日斗争。一次，在台北太平公学校友会演讲时，翁泽生拒绝执行日本当局"演讲不许用汉语"的规定，在当局的阻扰下坚持使用闽南话而非日语演讲，获得了与会者的支持，轰动一时，史称"太平公学事件"，体现了他强烈的民族感情以及与奴化教育作斗争的勇敢与坚贞。

1924 年，翁泽生中学毕业后进入厦门大学学习。1925 年，翁泽生转入上海大学就读。在这里，系统地学习了马克思主义理论，参加了反对帝国主义的五卅运动，锤炼了意志品质。当年 7 月，经瞿秋白介绍，翁泽生加入中国共产党。1926 年至 1927 年，翁泽生根据革命工作需要和自身条件，来到福建漳州、厦门等地开办工农讲习所，培养革命人才，组建当地地方党团组织，并任中共闽南特委委员。1928 年，翁泽生与同为台湾籍的谢雪红、林木顺等人在上海创立台湾省共产党组织。翁泽生既是创始人之一，也是与中共联络工作的负责人，在领导台湾民众开展反日爱国斗争中起到了重要的作用。

1931 年至 1932 年，翁泽生担任中央巡视员，考察指导广东、广西各地的武装斗争和工农运动，回到上海后担任中华全国总工会党团秘书长，是中国工人运动的重要活动家。1933 年 3 月，由于叛徒出卖，翁泽生在上海法租界被捕，在严刑拷打下他丝毫没有泄露秘密。同年他被押解到台湾，落入日本殖民者手中。由于台湾共产党组织遭到破坏，日本殖民者清楚翁泽生的价值，对他进行非人的折磨，判处他 13 年徒刑，导致他患上了脚气病，肺病也加重了。在病痛和酷刑的折磨下，翁泽生在狱中坚持 6 年，铁骨铮铮始终不肯投降。后因病保释，于 1939 年 3 月病逝，时年 36 岁。

1975 年，中共中央追认其为革命烈士。

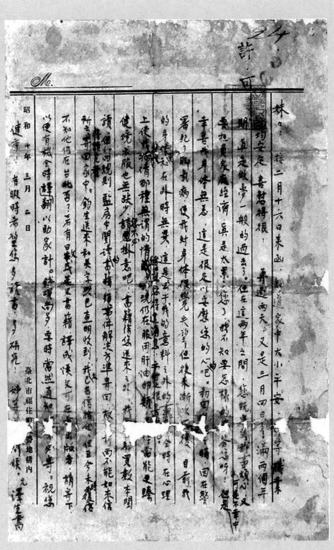

翁泽生致妹妹　1935 年 3 月 2 日

妹妹：

接二月十六日来函，知道家中大小平安，妹等职业亦均安定，喜慰得很！再过两天，又是三月四日了，满两个年间，真是做梦一般的过去了，但在这两年之间，您既要为我事烦心，又要担负家庭经济，真是太累了您了，我不知道要怎样的报答您呀！但是，幸喜我身体无恙，这是很足以安慰您的心的吧。初回□□之时，因在警署犯了脚气病，使我对身体很觉失望，但后来渐次康复，目前我的身体竟和在外时无异，这是出乎我的意料之外的事，同时在心理上使我得以扫清那种无谓的情绪，想您得这消息，亦一定很喜□，我现仍在服用肝油卵类，身体当能更臻健境，衣服也无缺少，请您不必挂意吧！书籍除您送来之外，我□□都买数本阅读，但所内规则，监房中阅读的书籍，须事件解决方准寄回，故□前尚不能如来信所云，将读完者寄回家中。钧生送来和英字典已查明收到，我已去信给他，但至今未得复信，不知他仍在台北否？若有日文或英文书籍，译成汉文可在□出版者，请寄下以便有机会时翻译以助家计。钱项尚多，要时当然通知，现不必寄。祝您健康！有暇时希望您多读书，多研究！

姊等□□问候

兄泽生书

这是翁泽生1935年3月2日在台湾狱中，写给妹妹冯志坚（原名翁阿东）的信。信的上方有"许可"字样印章，这是因为当时的犯人可以与外界亲属通信，但信件内容都要经审查通过，盖上"许可"二字，才能寄出。

母亲膝下敬禀者：

接四月十二日来示及妹函，拜悉父亲逝世之后，因欲待儿回家，故至今尚未出殡，不安奚如！据妹函云"父亲在世之时常念儿不回家"，今儿在父亲去世之时，既不能奉侍左右，何忍再因儿之事，使父亲不能出殡。且儿之事，尚未解决，故望母亲勿因儿事久待，早日为父亲出殡，是所至盼。含泪上言，千祈采纳！再儿现在内，不能如在外时供给家计，若万一有时家计困难，请向安安堂药店先行拨借，他日若获重归厦地，儿当负责奉还。现儿事预审终结，并已蒙台北市京町四丁目三番地古屋贞雄辩护士慨允，代为辩护，谅不日第一审公判即将开廷〔庭〕。贱体粗安，用费尚足，敢希勿念！再此次父亲于二年前去世，但妹妹等因恐儿过于忧虑，故不通知，情虽可感，惟此等大事，以后望一一即行通知与儿是盼。天气日热，万望保重玉体。诸妹为家计劳苦，不胜感激，请传命善为珍摄是荷！

儿泽生于台北市福住町五番地构内

这是翁泽生 1935 年 4 月 30 日在狱中，写给母亲的家书。

一个在狱中备受折磨、坚持斗争的铁血汉子把自己所有的柔情和思念都寄托在了两封家书中，文字琐碎而温暖，就是一个普通的哥哥、儿子向妹妹和母亲追问着亲人们的近况，絮语着自己的身体和狱中的日常，操心着家里的经济和生活状况。在家书中，翁泽生安慰妹妹，称自己"身体无恙"，"身体当能更臻健

境"，"贱体粗安"，如每一个在外的游子一样报喜不报忧："衣服
也无缺少"，"钱项尚多""用费尚足"。他反复地向安顿亲人、负
担家庭的妹妹表达谢意，"真是太累了您了，我不知道要怎样的
报答您"。在狱中，翁泽生托亲人送进来各类书籍和字典，希望
将一些日文或英文书籍翻译成汉文出版以补贴家用。他告诉母亲
"若万一有时家计困难，请向安安堂药店先行拨借，他日若获重
归厦地，儿当负责奉还"。

最让翁泽生难过的是父亲的离世，父亲生前时常叨念不回
家的儿子。忠孝难两全、子欲养而亲不待的困境和无奈化为翁
泽生对妹妹和母亲的急切叮嘱和祝福："祝您健康"，"万望保重
玉体"。

由于该信件要被日本殖民者审查，我们在翁泽生的家书中
看不到他谈论工作和理想的文字。给妹妹的信中仅有一句隐讳的
话，"有暇时希望您多读书，多研究！"可以看出他对妹妹增长
见识、追求进步的期盼。

翁泽生的妻子叶绿云，是一名致力于妇女运动的共产党员，
他们的儿子翁黎光1927年出生在上海，在母亲的抚养下长大。
名字"黎光"，意味着长夜将尽、天将破晓，寄托了翁泽生对革
命必胜的信心。后来，翁黎光化名林江加入解放军，新中国成立
后长期从事教育工作，追随父亲的脚步，曾任中共福建省委台湾
工作办公室主任，为促进海峡两岸交流和祖国统一事业贡献了自
己的力量。

21 "继续我的光荣革命的事业"

（刘伯坚给妻子的遗书，1935 年 3 月 20 日）

带镣长街行，蹒跚复蹒跚，

市人争瞩目，我心无愧怍。

带镣长街行，镣声何铿锵，

市人皆惊讶，我心自安详。

带镣长街行，志气愈轩昂，

拼作阶下囚，工农齐解放。

这是革命烈士刘伯坚在英勇就义前写下的著名诗篇《带镣行》，显露出革命者临危不惧的超拔真性情。

刘伯坚（1895—1935），原名永福，四川巴中（今平昌）人。中国共产党早期党员，著名的无产阶级革命家。早年就读于成都高等师范学堂，他目睹列强凌辱中国，痛心疾首，决心到西方寻求救国道路。1920 年赴法勤工俭学。1922 年，与周恩来、赵世炎等人发起组织中国旅欧少年共产党。同年，加入中国共产党。1923 年，被党组织派遣进入莫斯科东方劳动者大学学习，任中共旅莫支部书记。

1926 年，遵照组织指示，受冯玉

刘伯坚

祥邀请，刘伯坚回国任国民军联军政治部任副主任、主任一职，参加改造西北军。以自己的行动赢得了官兵的信任，改变了旧军队的不良作风，冯玉祥部战斗力显著增强。1927 年，蒋介石背信弃义，公开背叛革命，冯玉祥也开始反共清党，将刘伯坚等两百余名中共党员"礼送"出去。大革命失败后，再次被派往苏联学习军事，先后在莫斯科军政大学、伏龙芝军事学院学习。1928 年，出席中共六大。1931 年，回到中央苏区，任中央军委秘书长。年底，参与领导宁都起义，并担任由起义部队改编的红五军团政治部主任。

1934 年 10 月，中央红军主力长征后，刘伯坚奉命留在中央苏区坚持斗争。1935 年 3 月，刘伯坚率部队转移突围时不幸负伤，落入敌手。粤军团长劝刘伯坚顺应"潮流"，"认时务"，遭到严词拒绝。为了炫耀胜利，敌人故意押着身负重伤的刘伯坚在闹市街头游街示众，意图借此瓦解他的斗志。伤痕累累的刘伯坚身负沉重镣铐，却依然昂首挺胸笑对群众，镇定自若，表现出共产党员宁死不屈的英雄气概。

1935 年 3 月 20 日，刘伯坚被判处死刑。行刑前，敌人问他还有什么后事要交代。刘伯坚说："第一，我要写封家信，交代我的子孙后代将革命进行到底；第二，我死后要葬在梅关。"刘伯坚在监狱中除了《带镣行》，还写下了长诗《移狱》《狱中月夜》和四封遗书，一封是写给妻子的绝命书，另外三封写给兄嫂。次日，刘伯坚被敌人杀害，时年 40 岁。

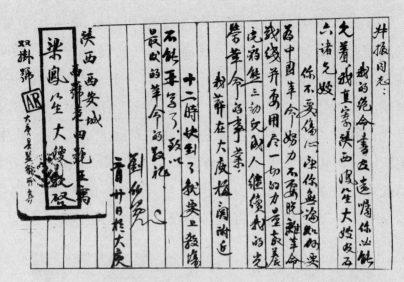

刘伯坚给妻子的遗书　　1935年3月20日

叔振同志：

　　我的绝命书及遗嘱你必能见着，我直寄陕西凤笙大嫂及五六诸兄嫂。

　　你不要伤心，望你无论如何，要为中国革命努力，不要脱离革命战线，并要用尽一切的力量教养虎、豹、熊三幼儿成人，继续我的光荣革命的事业。

　　我葬在大庾梅关附近。

　　十二时快到了，就要上杀场，不能再写了。致以

最后的革命的敬礼！

刘伯坚

三月廿日于大庾

这是刘伯坚 1935 年 3 月 20 日，写给妻子王叔振的遗书。

王叔振，原名叔贞，1906 年生于陕西三原的一个商人家庭，后随全家迁居省城西安。在省立女子师范学校学习期间，王叔振积极参加各种进步活动。1927 年 4 月，与时任国民军联军政治部主任的刘伯坚结婚。不久，经刘伯坚介绍加入中国共产党。在动荡的岁月中，王叔振虽然先后诞下虎生、豹生、熊生三子，但由于从事革命工作，只能忍着极大的痛苦，送给老乡抚养。红军长征后，夫妻分离，三子均不在身旁。在给妻子的遗书中，刘伯坚说已将绝命书及遗嘱寄给陕西的兄嫂。他

刘伯坚烈士纪念碑

叮嘱妻子："你不要伤心，望你无论如何，要为中国革命努力，不要脱离革命战线，并要用尽一切的力量教养虎、豹、熊三幼儿成人，继续我的光荣革命的事业。"将要"上杀场"前，仍向远方的妻子"致以最后的革命的敬礼"。不幸的是，在此之前，王叔振已被执行王明"左倾"错误路线的福建省苏维埃政府保卫局秘密杀害。刘伯坚夫妇用全部生命践行了生是为中国，死亦为中国的崇高理想与坚定信念。

1938年，毛泽东为刘伯坚题词："刘伯坚是中国共产党的早期优秀党员，中国工农红军早期优秀将领，无产阶级革命家，我党我军政治工作第一人。"重读刘伯坚的书信与诗词，仿佛依然能听到铿锵有力的镣声，目睹其视死如归的神情。一个舍身忘我、一心为国的共产党人倒下了，但他的精神和信仰始终屹立不倒，指引着后人奋勇前进。

2009年9月10日，刘伯坚被中共中央宣传部、中共中央组织部等部门评为"100位为新中国成立作出突出贡献的英雄模范人物"。

22 "我不愿造一点点罪恶在我生命中"

（郭纲琳致哥哥，1935 年 8 月 26 日）

郭纲琳在狱中刺绣的手帕　　　刻有"永是勇士"的铜鸡心

　　绣着五角星的手绢，刻有"永是勇士"的铜鸡心，是烈士郭纲琳在雨花台就义后留下的遗物，如今都陈列在南京市雨花台烈士陵园。"永是勇士"是烈士最后心志的坚定表达，表示自己决不投降，也是对自己短暂而精彩的生命历程的总结。

　　郭纲琳（1910—1937），女，曾用名刘英、张英、郭英等，江苏句容人。1929 年考入上海公学，并加入中国左翼文学研究会，积极探求革命真理。"九一八"事变后，她不畏校方阻挠，积极投身抗日救亡运动，号召同学成立抗日救国会，响应北平、天津、广州等地高校号召，多次参加请愿示威斗争。1931 年 10

月加入中国共产主义青年团，同年底转为中国共产党员。

1932年淞沪抗战爆发，郭纲琳代表中国公学爱国学生参加上海学联工作，夜以继日地发动群众，参加战地服务团，支援前线抗战。同年4月，根据党组织安排，她化名刘英到上海美亚绸厂工作，号召女工为争取自由解放而斗争。1933年春，郭纲琳调任共青团江苏省委内部交通员，传送党的秘密文件和指示。不久，任无锡团中心县委书记，领导无锡等地的共青团工作。

郭纲琳

1934年初，郭纲琳调任上海闸北区团委书记。同年1月12日，因叛徒告密郭纲琳不幸被捕，被关押在南京老虎桥监狱。郭纲琳被捕后，《大美晚报》报道称："态度之从容，为从来犯人中所罕见。"在公开审讯中，她怒斥反动当局："谁丢了东北3000万同胞，谁丧失了东北三省土地……你们说，是我还是你们国民党……是我还是日本帝国主义。"在漫长的牢狱生涯中，郭纲琳始终保持着顽强的斗志和乐观精神。除了手绣的手绢和枕套，她还把两枚铜板磨成心形，镌刻上"健美"、"永是勇士"的字样。郭纲琳被关押期间，她的家人想方设法营救，几次都因她拒绝在反动当局拟好的悔过书上签字而作罢。由于郭纲琳意志坚定，敌人将她作为重点惩处对象，对她施以皮鞭抽、铁杠压等种种酷刑，都未能使她屈服。

1937 年 7 月，敌人把郭纲琳押往雨花台刑场，她一路唱着《国际歌》，高呼"打倒日本帝国主义！""打倒国民党反动派！""中国共产党万岁！""共产主义青年团万岁！"走向刑场。面对死亡，郭纲琳怒斥敌人："我一个手无寸铁的女子，凭了真理，凭了对人民的忠贞，凭了党给我的教育，我将你们费了不少狗气力想出来的一切阴谋诡计打得粉碎，可见我是胜利了……"她用自己的鲜血和生命来实践对共产主义事业的崇高追求，为了革命事业，郭纲琳献出了年仅 27 岁的生命。

倫兄：我拖延了許久許久才復你信了吧！我不願申訴和說明什么同犯人的心理是絕隔人世間起作用，也許有很多的想象

是脫離實際的。為了她揣不住實在幽做她估計的對象，政以給与她的命令望厚可怕。現在我能安靜，腦袋似靜水一樣

乞波紋，我不希望什么，更不為失望而悲嘆。我能寬命自守。呈在過去我不利用時間追求我的現實。看在追求我的現實

由而陷於失望的苦嫂中。現在呢，我不那樣企求了！現在我的中心是"讓成造"我的命運，讓我能厚着

的時日求些我願求的知識，一直到最後一日。我知道希望在追求中還是甜密的，美滿的係多數，可是實現了依同時間与空間

的更換，也許會惆恨希望的實現。所以你要我做的，我是不能你回答。並，我該告訴你，我知道自己，明白自己。並且我也知道你們的苦衷！

倫兄！請你原諒我不能屈伏在一千千罪而加上有罪的名义下未遵从你。我能給你們一吴什么答复呢？——哦！垂豬的生活！

我常常覺得給你們的字空也太夠煩忙了，我為什么要這樣累赘你們呢？總章將我的多体和夏日一樣有力，自入秋来胃少有不住

再有什么？什么也沒有了！而有失望，还说什么呢？中秋節快臨了，你们又忙着請客了吧，

別均似夏日的我請你放心！我近来还能吴談与，因紙誤書，政以雜念也易消失了中秋節快臨了，你们又忙着請客了吧，

我们犯人年照例有三次特許的買牛豬肉吃。骨節，八月節舊歷年，到这時都有一吴兴奮，如没有錢，那又有

望吃肉而奥歡了！骨節，八月節可買月餅吃。五月節可買粽子吃，八月節可買月餅

餅比粽子好吃，能教厚久多。八月節还有半ケ月。不知保来厚及請我呈！七叔許久未来信了，大约今ケ忙吧！

事與我。並替他要求他，请我过節，肯不肯呢？好！紙笑了！不次再说！

祝你

幻力保重！

獄中葉特琳謹上 八月廿六日

郭綱琳致哥哥　1935年8月26日

伦兄：

我拖延了许久许久才复你信了吧！我不愿申诉和说明什么。因犯人的心理是绝隔人世不起作用，也许有很多的想象是脱离实际的，为了她抓不住实在做她估计的对象，所以给与她的会令她失望得可怕。现在我很能安静，脑袋似静水一样无波纹。我不希望什么，更不为失望而悲叹。我现很能安命自守。虽在过去我不利用时间追求我的现实，专在追求我身体的自由而陷于失望的苦燥中。现在呢？我不那样企求了！现在我的中心是："让造成我的命运未完结我的命运，让我能得着的时日求些我愿求的知识，一直到最后一日。"我知道希望在追求中是甜蜜的、美满的占多数。可是实现了后，因时间与空间的更换，也许会恼恨希望的实现。所以你要我做的，我是不能给你圆满的回答。并我该告诉你："我不愿造一点点罪恶在我生命中。"

伦兄，请你原谅我不能屈伏在一个无罪而加上有罪的名义下来遵从你。我知道自己，明白自己，并且我也知道你们的苦衷！我常常觉得给你们的实在也够烦忙了，我为什么要这样累赘你们呢？我能给你们一点什么答复呢？——哦！垂〔睡〕猪的生活——再有什么？什么也没有了！再有给你们的只有失望，还说什么呢？总算好我的身体和夏日一样有力，自入秋来胃少有不佳，别均似夏日的我。请你放心！我近来还能读点书，因能读书，所以杂念也易消失了！中秋节快临了，你们又忙着请客了吧？我们犯人一年照例有三次特许的买牛猪肉吃——五月节、八月节、旧历年——所以每个犯人逢到这时都有一点兴奋，如没有钱，那只有望肉而兴叹了！八月节尚未到，早就计画着："还有一个月要吃肉和月饼了。"八月节可买月饼吃，五月节可买粽子吃。月饼比粽子好吃，能放得久〈得〉多。八月节离我们还有半个月，不知你来得及请我否。七叔许久未来信了，大约公事忙吧！请他把小弟弟照片再寄张我，并替我向他要求他："请我过节！"肯不肯呢？

好！纸完了，下次再谈！祝你努力保重！

狱中英妹谨上
八月廿六日

这是 1935 年 8 月 26 日郭纲琳在狱中，写给哥哥郭纲伦的家书。

在狱中，郭纲琳坚守真理，拒不撰写所谓的反省书。她在家书中表明了她的决心："我不能屈伏在一个无罪而加上有罪的名义下来遵从你"，"我常常觉得给你们的实在也够烦忙了。"表现了高尚纯洁的革命情操和义无反顾的坚定信仰。在反动政权统治下，对于郭家这种大家庭，郭纲琳确乎是一个"累赘"。谈罢歉意，她说"总算好我的身体和夏日一样有力"，"犯人一年照例有三次特许的买牛猪肉吃……八月节离我们还有半个月，不知你来得及请我否"，央求哥哥让七叔"把小弟弟照片再寄张我"。字里行间，流露着对家人的关切与女孩子的娇气。然而，作为一个革命者，郭纲琳毅然抛下这种娇气，在狱中她一面继续阅读马克思主义著作，一面同反动势力作斗争。给哥哥的信中没有流露一丝哀怨、消沉的情绪，相反，郭纲琳读书学习，吃饭睡觉，心无杂念，以轻松的语气大谈吃肉、吃粽子和过八月节，淡定从容的勇士形象跃然纸上，无惧无畏的革命精神令人动容。

在郭纲琳的影响下，哥哥郭纲伦、叔叔郭纲钟、姑姑郭纲瑜等先后参加革命，为革命事业做出贡献。"二姑是整个家族的骄傲。我虽未见过她，但从小听她的故事，长大后为更了解她搜集了一些她的资料。了解得越多就越敬佩她。"郭纲琳的侄儿郭常根说。郭常根参加工作后成为一名农村小学教师，在教学中结合二姑郭纲琳的事迹向学生讲述革命故事，宣传革命精神。对子女，他也要求继承家中长辈的革命精神，学会担当。

这些年，郭常根已经记不清来过雨花台多少次了。2016 年他被聘为"雨花台烈士亲属宣讲团"成员，与其他烈士亲属一起走进高校等地，将革命烈士的故事讲述给当代青年。

23 "我现在立志到陕北","报效国家"

（王传馥致父母亲，1937 年 12 月）

　　1942 年 5 月，日军向浙赣线发动进攻，逼近江西上饶，国民党准备撤退。此时监禁在上饶茅家岭的皖南事变中被俘的新四军指战员于 25 日趁担任看守的排长和两个班长去团部开会，另一个班长及管理人员也外出之机举行暴动。大家砸开铁镣、门镣，夺取了看守排的全部武器，胜利冲出茅家岭。除少数分散活动外，大部分按计划冒雨赶到黄沙岭集中，然后辗转到武夷山，后均重返新四军。茅家岭暴动主要负责人之一就是王传馥。

　　王传馥（1920—1942），江苏吴县人。1936 年就读上海立达学院，经常阅读革命书籍、进步报刊。在学校他带头为穷苦学生争权益，为校方所不满。1937 年参加革命，同年底赴山西临汾八路军办事处学兵队学习，通过系统学习马列主义基础理论、社会发展史、中国革命问题及毛泽东的著作等，他的世界观、人生观发生了巨大变化。1938 年春，王传馥和其他几十名毕业学员被分派到皖南新四军军部工作。他怀着喜悦兴奋的心情，告诉弟弟们说："我以前想走的路，现在真的走上了"，"你们羡慕我走的路，让我给你们一个忠告吧，你们不要让青春慢慢逝去，我们要好好自立起来，摆脱那些平凡的

王传馥

鸟笼里的生活。"

到了皖南后，王传馥先后在新四军 3 支队教导队和 5 团担任政治教员、政治指导员和宣教股长。他年轻有为，工作热情又有文化，在搞好基层政治工作方面取得了良好的成绩。对敌斗争机智勇敢，对待战友群众和蔼可亲，受到部队战友和当地群众的赞扬。

1939 年 3 月，王传馥加入中国共产党。1941 年 1 月在皖南事变中突围时被俘，先后囚于上饶集中营七峰岩、李村、石底、周田监狱。这些监狱都是岩洞，阴森潮湿，是残害革命志士的"活地狱"。狱中沉重的脚镣，惨绝人寰的酷刑，丝毫不能动摇王传馥坚毅不屈的革命斗志。在狱中王传馥担任秘密党支部书记，他教育狱中被禁同志如何珍守革命气节，增强对敌斗争经验。不久，王传馥被押赴茅家岭监狱，被关在这里的人，随时都有被拉出去处死的可能，但他们都是革命的乐观主义者，常常利用机会唱《国际歌》《黎明曲》等革命歌曲以相互鼓励。王传馥和战友钟袁平冒着生命危险编写"中国革命百年史表"，供战友们学习讨论。

1942 年 5 月 25 日，王传馥组织狱中同志发动茅家岭暴动，为掩护同志安全越狱，被敌人打伤后再次被捕，遭残酷毒打。1942 年 5 月 28 日，惨遭敌人活埋，年仅 22 岁。

王传馥致父母亲　1937 年 12 月

爸妈：

　　大场（位于上海市以北）失守后，东战场再也不能乐观了，敌军抵苏（今苏州市）的消息传到我耳中，我只得向上帝祝福全家的安全。日军攻吴兴（今湖州市），菱湖也不成安全之区了，我想或者会搬到安徽，我也希望搬到安徽。

　　我是为了读书而离爸妈到上海来的，可是到现在读书也不成了，上海的环境也可想而知。我感到自己太无用，不能救国也不能助家，在现在的中国是不容许这样的。

　　我现在立志到陕北，我可以说并不是当红军去的，而是读书去的，我相信那里能够造就我，报效国家。时间不允许我得到爸妈的允许而行，但我想是不需要的，一定允许我的。我深感长者之爱，但命运不允许我侍奉左右了，我是要远离爸妈了。也许将来还有见面的机会，也许再也没有见面的机会。爸妈不必伤心，我以爸妈之爱来爱大众，爸妈是喜欢的。我下最大的决心达到目的，尽力打破一切困难。

敬祝

安康

再祝

我们得到最后胜利

传馥

赴陕前 ①

□叔给我最大的帮助，我永不能忘了他的爱。

祝他

永远快乐！一定不使他失望。

这是王传馥 1937 年 12 月准备从浙江奔赴延安之前，写给父母的家书。这既是一封家书，更是一封立志报国的宣言书。

1937 年淞沪会战后，上海市区和苏南、浙北地区相继沦陷，王传馥所在的学校也被迫从上海搬到浙江菱湖。然而，"菱湖也不成安全之区了，我想或者会搬到安徽"。作为一个热血爱国青年，面对"再也不能乐观了"的抗战形势，他"感到自己太无用，不能救国也不能助家，在现在的中国是不容许这样的"。朴

---

① 王传馥在赴陕北途中，于山西临汾参加了八路军办事处学兵队，没有继续赴陕北。

实的话语背后，表达了每一个有良知的青年挽救国家危亡、献身抗战事业的民族大义。因此，王传馥没有随学校搬到安徽，而是毅然投奔革命中心——陕北。到陕北去，是全民族抗战爆发后无数热血青年的人生选择。他在信中写道："相信那里能够造就我，报效国家。"展现了一个热血青年追求光明、追求真理的人生理想，以及立志救国救民、抗战到底的坚定决心。拳拳爱国之情溢于言表，片片报国之心见于行动。

"真正的勇士敢于直面惨淡的人生，敢于正视淋漓的鲜血。"总有一些人身先士卒，为革命冲锋陷阵；总有一些事比生命更重要，那就是为国家抛头颅洒热血。王传馥的人生虽短暂，但璀璨若夏花，热烈地绽放在黎明前的黑夜中，延续在滚滚的红色长河中。正是王传馥这样舍生忘死的勇士们，舍弃小家，给了我们一个温暖幸福的大家，给了我们今天和平安定的生活。让我们不负先烈遗志，谱写时代新篇。

24 "民族解放的重担放在我们每 个中华人民的身上"

（李育才致父母亲，1937 年 12 月 6 日）

李育才

李育才（1917—1946），别名李践，陕西澄城人。少年时聪明伶俐，勤奋好学。在澄城县第一高小学习时，李育才经常出入共产党员翟贞祥、刘振邦创建的读书社、报社等文化场所，在他们的帮助下，开始学习马列主义，汲取进步思想。高小毕业后，李育才因家庭贫困辍学，于 1936 年进入县平民工厂当工人。

1936 年 12 月 12 日，西安事变爆发，澄城各乡抗日救国组织代表汇集县城，各界代表在国民党县党部集会，决定于 1936 年 12 月 21 日召开各界民众大会。年仅 19 岁的李育才因表现出众，被推选为工人代表。大会发表了拥护张学良、杨虎城八大主张的通电，在县城举行了声势浩大的游行。

1937 年元宵节刚过，李育才与好友李少英等商量决定参加红军，奔赴抗日前线。为了实现救国家于危难的理想抱负，李育才说服父母和妻子，含泪惜别，到陕西三原县永乐镇参加红军。同年 8 月，李育才随改编后的八路军东渡黄河。不久，李育才加入中国共产党，积极学习党的政策和主张，对抗日救国有了更加深刻的理解。1938 年初，李育才参加山西青年抗敌决死队，同年 10 月任决死队第 4 纵队第 10 总队 2 大队 5 中队政治工作员。
1939 年升任连长，转战于襄陵、汾阳、交城、太原等地。

1941 年 12 月，时任晋西北军区第 8 军分区 5 团 2 营副营长
的李育才，在一次单独行动中因枪械故障寡不敌众，被日军俘虏
送至太原集中营关押。一个月后，他被押送到抚顺做劳工，当了
"特殊工人"。在日伪军、警、宪、特的监视下，他被迫从事采煤
等最繁重最危险的劳动，每天要工作 12 小时以上。矿井下的条
件极其恶劣，伤亡事故不断发生。他们的工资极低，不足普通工
人的三分之一。粮食定量低，伙食差，居住的房屋四壁透风，很
多人抵抗不住，终因疾病和饥饿而死。为反抗压迫，这群"特殊
工人"秘密成立了中共临时党支部，与日军顽强斗争。

1942 年 8 月，他联合二十多名工人逃跑，但由于对东北的情
况不熟悉，刚刚逃到山海关就被抓回并遭到酷刑折磨。李育才没
有放弃逃出去找寻党组织的决心，且愈挫愈勇，继续寻找机会。
而敌人对工人的管理存在漏洞——只要工人请假休工，就能偷着
到外面去。李育才抓住敌军的管理漏洞，成功逃出了战俘营。之
后他历尽千辛万苦，到达冀中敌后抗日游击根据地。1943 年 3
月，李育才返回到自己所在的部队，他带领队伍，多次成功伏击
敌人，极大地鼓舞了敌后军民的抗战斗志，同时也与当地百姓结
下了深厚的鱼水之情。

1946 年 6 月，国民党反动派撕毁停战协议，悍然向解放区
发动全面进攻。7 月，李育才在与阎锡山军队的作战中不幸负伤，
但他仍坚守阵地，沉着指挥。击退敌人后，李育才由于失血过
多，不幸牺牲，时年 29 岁。

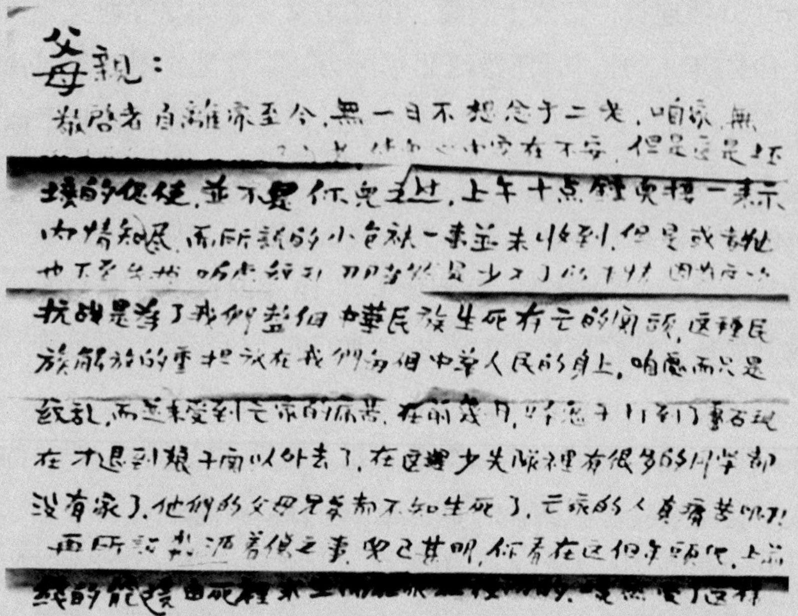

父
母亲：

敬启者自离家至今，无一日不想念于二老。咱家……

李育才致父母亲　1937年12月6日

父母亲：

敬启者，自离家至今，无一日不想念于二老。咱家无有粮食，而父亲又年老，使儿心中实在不安，但是这是环境的促使，并不是你儿之过。上午十点钟，儿接一来示，内情尽知。而所说的小包袱一事并未收到，但是或者它也不至失掉。咱处纹〔紊〕乱，那当然是少不了的事情，因为这次抗战是为了我们整个中华民族生死存亡的关头，这种民族解放的重担放在我们每个中华人民的身上。咱处而只是纹〔紊〕乱，而并未受到亡家的痛苦，在前几日，日本鬼子打到了灵石，现在才退到娘子关以外去了。在这少先队里有很多的同学都没有家了。他们的父母兄弟都不知生死了，亡家的人真痛苦啊！

再所说淼源着伤之事，儿已甚明。你看在这个年头儿，上前线的，境〔竟〕能由死里求生，而在家在后防的，境〔竟〕然受了这样重的伤。这次日本鬼子他一定要灭我们的种了，而我们决不让他灭我们的种。因此你儿漂流外乡，你儿在死里求生，在这样死里求生的过程中，得到了很多的经验和知识，同时也把身体练好了。前几天有一位十七师的同志说："全部现在只有数百人。"

父母亲不要挂念你的儿子，你儿的一切都很好，你儿现在什么也不要了，只希望父母亲好好保养身体。再所说教儿回家探望，这恐怕不能。不过而后若有机会你儿一定是会回家的。再所说清秀、子屏究境〔竟〕在西安什么地方，文华受什么训练，请父亲到他家问问通信处。特此

福安

> 男　育才谨启
> 阴历十一月初三〔四〕日
> 阳历十二月六号
> 十一月十八／十二月廿日发信

　　这是李育才 1937 年 12 月 6 日在山西，写给父母的家书。

　　此时的李育才刚刚投身抗日救国的洪流，并成为一名共产党员。对于父母，他无一日不想念，也十分牵挂家中的生计，他清楚地认识到自己家里贫困，"无有粮食"，是日本侵略者造成的，并不是自己的过错："这次抗战是为了我们整个中华民族生死存亡的关头，这种民族解放的重担放在我们每个中华人民的身上。"由于日本的侵略，"在这少先队里有很多同学都没有家了"，"亡家的人真痛苦啊！"李育才更认识到，日本侵略者"一定要灭我们的种了，而我们决不让他灭我们的种"。字里行间流露出对侵略者的切齿愤恨，以及血战到底的决心。民族危亡之际，正是千千万万像李育才这样的英雄儿女抛家舍亲，主动担负起守土御敌的责任，我们才能取得抗战的胜利，获得国家的独立。

　　抗战胜利后，李育才却倒在了国民党反动派的枪口之下。他的家人苦苦等待，一直没有他的消息，直到中华人民共和国成立后也没有音信传回，1952 年登报寻人，才知他早已血洒山西。1953 年 2 月 16 日，中华人民共和国中央人民政府为李育才家人颁发了"革命牺牲军人家属光荣纪念证"。2014 年，中华人民共和国民政部为李育才颁发了烈士证书。这一张薄薄的烈士证明书，证明了李育才献身革命、慷慨无私的坚定信仰。李育才用鲜血和生命践行了自己"求得全国人民之自由，国家之独立"的铮铮誓言。

李育才烈士纪念亭（亭内石碑上镌刻着李育才写给家人的信）

25 "只有赶走了敌人才是我们 唯一的出路！"

（冼星海致母亲，1937 年 12 月 31 日）

抵抗侵略、参与救亡的方式有许多种。有人投笔从戎，开赴前线；有人深入基层，组织民众；也有人以音符和乐谱为武器，在炮火连天的战争岁月中，书写中国千千万万抗日军民不畏强暴、矢志卫国、努力生活的动人旋律——他就是被称为"人民音乐家"的冼星海。

冼星海

冼星海（1905—1945），曾用名黄训、孔宇，生于被葡萄牙人占领、殖民的澳门。因自幼酷爱音乐，天赋超群，1926 年冼星海考入北京大学音乐传习所。1927 年考入上海国立音乐学院学习。1929 年赴巴黎勤工俭学。1931 年考入巴黎音乐学院，他一面学习一面做工，既磨炼了技艺，又增长了见识。1935 年秋，冼星海回国，投入到抗日救亡运动的大潮中。全民族抗战爆发后辗转上海、武汉等地，创作了大量富有战斗色彩的歌曲。1938 年，他奔赴革命圣地延安，担任鲁迅艺术学院音乐系主任。1939 年 6 月，加入中国共产党。在延安期间，他创作了不朽名作《黄河大合唱》《在太行山上》《生产大合唱》等。1940 年冼星海赴苏联从事音乐工作，因苏德战争爆发，不得不滞留乌兰巴托、阿拉木图和库斯塔奈等地。1945年因染上肺炎在莫斯科病逝，时年40岁。延安各界为他举行了追悼会，毛泽东主席亲笔题词："为人民音乐家冼星海同志致哀。"

冼星海作曲的《黄河大合唱》

妈妈：

上海"八一三"的炮声使整个中华民族有血气的民众觉悟了！团结了！从此以后，国土四周围都布满着敌人的火焰，每一个中国人都免不掉危险。六年前的三千万流民的印象，当我还没有忘记的时候，如今又遭遇到更大的浩劫，更残忍的屠杀了。在这关头，我们每一个中华民族的国民再没有第二句话，"只有保卫国土来参加这伟大而神圣的战争！"我们并不赞颂战争，可是没有战争，或许就不能发现人类的真理，没有战争，就失掉自由和独立的存在。

亲爱的妈妈，我是在上海开火后五天离开那素称安逸的上海的。沿一条弯曲的苏州河向前进。一路上也都是四处炮声，头上也都是敌机盘旋。同行十四人一样地不顾一切向前，为着踏上一条大路，竟没有顾到目前所坐的是一只拖粪小船的臭味，和肚里的饥饿。但，妈妈，你得明白我们并不是逃难，我们十四人都是救亡的勇士，虽然还没有实现我们预期的愿望，可是我们每一个人都明了自己对国家应负的责任。从出发到今天已经是整整四个多月了，一百多天的旅程，一百多天的过去，国土又不知沦陷多少，同胞又不知被屠杀多少?！但我们并不悲观，也许我们失去了的土地会被炸成一片焦土，但到最后胜利在我们手里的时候，我们还可以收复已失的土地，更可以重建一切新的建筑、新的社会。伟大的先驱告诉我们："没有破坏便没有建设。"只有赶走了敌人才是我们唯一的出路！

现在我已到武汉了，并且不久又快去重庆。在这无一定的飘流生活，虽然也为着国家宣传救亡工作，但遇到像今天晚上的漫漫的黑夜，那凄凉冰冷的四周，我好像耳边有无数的失去了儿子的母亲，和失去了母亲的儿子的哀诉。那不能告诉人的，潜伏般的音乐，很沉重地打我，使我不能不又想起了我唯一的你——妈妈。我想在每一个母亲也想念着她自己的儿子出发为国宣劳的时候，或许会更恳切些吧！是的，或许会更恳切的！因此我半夜没有酣睡。但想念着国家的前途和自己应负的责任，我又好像不得不要暂时忘记你了，忘记一切留恋，但我并不是忘记了你伟大的慈爱和过去五十多年的飘零生活，我更不是忍心地来抛弃你去走千百万里的长程。可是我明了我自己的责任，明了中华民族谋自由、独立、解放的急切。我是一个音乐工作者，我愿意担起音乐在抗战中伟大的任务，希望着用宏亮的歌声震动那被压迫的民族，慰藉那负伤的英勇战士，团结起那一切苦难的人们。但，妈妈，我常感到自己能力的薄弱和自己实际生活的缺乏，虽然有时站立在整千整万的民众面前，领导着他们高歌，但有时我总有战栗，因为我往往不能克服自己的情绪又想到遥远的妈妈了！可是当我每到一个地方的时候，我都被那民众歌咏的情感克服了，令我不特忘记了自己，忘记了你，而且又更加紧我的工作。和他们更接近，更使我感觉自己的情绪已移向到民众了。我不时都在妈妈面前说过，我不是一个自私自利、自高自大的音乐家，我要做个生在社会当中的一个救亡伙伴，而且永远地要从社会的底层学习。过去二十多年的流浪生活，就告诉我实际生活的经验是超越了学校的功课的。我常常感到民众的力量最伟大，民众对音乐的需要，尤其在战时，那使我不能不忍痛地离开你而站立在民众当中。他们热烈地爱着我，而我也爱护他们。

自我离开上海后，妈妈必定感到很寂寞，因为并没有亲近的人在你身旁。连可靠的亲友也逃避到香港去了。但我很希望妈妈放心，这次抗战是必定得到胜利的，只要能长期抵抗下去。但在英勇的抗战当中，我们得要忍耐，把最伟大的爱来贡献国家，把最宝贵的时光和精神都要花在民族的斗争里！然后国家才能战胜。所以在争取民族解放的国家当中，我们更需要伟大的母性的爱来培植许许多多的爱国男儿——上前线去，或在后方担任工作。这样才能够发展每个人对国家的爱。妈妈！我更有一件事情可以安慰你的，就是现在我已经开始写《中国兵》了。这作品是继续《民族交响乐》之后的，是纯用音乐来描写中国士兵抗战的英勇，保卫国土的决心。那伟大士兵的抗战精神，已打动每一个父母的心。在《中国兵》作品当中，我们可以听每一个不怕死的士兵向前冲。每一个做妈妈的都能够忍痛地抛弃私爱来贡献她们唯一的儿子出征。《中国兵》的写作就是根据爱的立场，偏重爱民族的伟大任务。我也曾和伤兵们谈话，我也听过很多士兵冲锋和游击军的故事。可是我也得亲历其境，并且要参加作战，才能更明了《中国兵》的伟大。我除写作之外，我还想走遍各后方作救亡歌咏宣传运动。

在武汉七天后，我们预备去重庆各处担任后方宣传工作。我想在这长程的旅途中，我可以受很多社会的启示，得许多作曲的材料。我虽然时常地要想起妈妈，但理智会克服我，而且我自己知道在这动乱的大时代里，没有一个被侵略的人民不是存着至死不屈的精神。如果将来中国打胜仗以后，那一切的母亲们和儿子们都能有团叙的一天。国家如果被敌人亡了的话，即使侥幸保存性命，但在偷生怕死的生活中和不纯洁的灵魂的痛苦，比一切肉体的痛苦更甚了。为着中华民族的生存，我希望一切的母亲们和儿子们都勇敢地向前，中华民族解放的胜利，就是要每一个国民贡献他们的纯洁的爱国心。同心合力在民族斗争里产生一个新中国。

别了，亲爱的妈妈，祖国的孩子们正在争取不愿做没有祖国的孩子的耻辱，让那青春的战斗的力量支持那有数千年文化的祖国。我们在祖国养育之下正如在母胎哺养下一样恩赐，为着要生存，我们就得一起努力，去保卫那比自己母亲更伟大的祖国。

妈妈，看了这封信以后，我想，在您的皱纹的脸上也许会漾出一丝安慰的微笑吧。

再见了，孩子在征途中永远祝福着您！

星海

一九三七年十二月三十一日

这是冼星海 1937 年 12 月 31 日在从武汉到延安的旅途中，写给母亲的信。冼星海是遗腹子，母亲含辛茹苦将他抚养成人。冼星海亲眼目睹日寇侵华的邪恶行径，战火纷飞中无辜民众遭遇的惨烈痛苦，中国军队奋勇抵抗的英勇无畏，以这样一封长信向母亲叙述自己的见闻，倾诉自己的感受，"上海'八一三'的炮声使整个中华民族有血气的民众觉悟了！团结了！""我们并不悲观，也许我们失去了的土地会被炸成一片焦土，但到最后胜利在我们手里的时候，我们还可以收复已失的土地，更可以重建一切新的建筑、新的社会"。

他为离开母亲感到深深的愧疚和不安，但不得不舍小家为大家，为了求学和革命事业远离亲人："我并不是忘记了你伟大的慈爱和过去五十多年的飘零生活，我更不是忍心地来抛弃你去走千百万里的长程。可是我明了我自己的责任，明了中华民族谋自由、独立、解放的急切。我是一个音乐工作者，我愿意担起音乐在抗战中伟大的任务，希望着用宏亮的歌声震动那被压迫的民族，慰藉那负伤的英勇战士，团结起那一切苦难的人们。"冼星海无数次在信中呼唤母亲，急切地将自己的思念和对母亲的爱付之笔端，更把自己对家人的爱转化为勇敢向前、为中华民族解放而奋斗的动力。

冼星海立志创作出生动反映抗日战争中中国军队伟大决心和气概的作品，以音乐为武器宣传他们保卫祖国的英姿。他说："我也曾和伤兵们谈话，我也听过很多士兵冲锋和游击军的故事"，"我还想走遍各后方作救亡歌咏宣传运动"，"我想在这长程的旅途中，我可以受很多社会的启示，得许多作曲的材料"。由于冼星海深入一线，服务人民，他创作的音乐才如此打动人。

这封家书，质朴的话语中蕴含着丰富的感情、真挚动人，折射出一位人民音乐家的细腻感情和高尚品格。遗憾的是，冼星

冼星海纪念馆

海因病客死他乡，再也没能见到自己的母亲，再也未能回到祖国的土地，他将短暂的一生全部奉献给了音乐和解放事业。数十年来，蕴含着冼星海音乐才华和对祖国热爱的《黄河大合唱》等经典旋律，代代传唱。

2009 年，冼星海被中共中央宣传部、中共中央组织部等部门评为"100 位为新中国成立作出突出贡献的英雄模范人物"。

26 "大家都相信百战百胜的八路军"

（张露萍致父母亲，1938年3月27日）

七月里山城的榴花，

依旧灿烂地红满在枝头。

它像战士的鲜血，

又似少女的朱唇。

令我们沉醉，又让我们兴奋！

石榴花开的季节，先烈们曾洒出他们满腔的热血。

无数滴的血啊，汇成了一条巨大的河流！

这七月里的红河啊，它冲尽了民族百年来的耻辱与仇羞！

我们在血海中新生，我们在血海中迈进。

今天，胜利正展现在我们的眼前。

我们要去准备着更大的流血，

去争取前途的光明！

这首诗歌创作于阴森可怕的贵州息烽集中营，文字热烈生动，表达了对革命先辈的崇敬，以及为迎取革命胜利而奋斗的豪迈。诗歌的作者，是如石榴花一般美丽灿烂的革命女杰——张露萍。

张露萍（1921—1945），原名余薇娜，又名余家英、余慧琳、余硕卿，四川崇庆（今崇州）人。她少年时期就读于成都建国中学，在求学期间结识了同班同学车崇英的父亲——中共川西特委车耀先，阅读他主办的进步书刊《大声》。在车耀先的教育和引

导下，张露萍走上革命救国的道路，决心
献身民族解放事业，她参加了"中华民族
解放先锋队成都部队"，在成都的街头、
学校和工厂开展抗日宣传。1938年2月，
17岁的张露萍到达延安，在陕北公学和
抗日军政大学学习。10月加入中国共产
党。在延安期间，她与后来出任交通部部
长的李清相识，结为革命伴侣。

张露萍

　　1939年11月，根据党在国民党军统局内发展组织、建立秘
密联络点的革命需要，张露萍被派往重庆，接受中共中央南方局
领导，打入国民党军统局电讯处内部，团结进步青年，组建中共
特别支部，从事秘密情报工作。张露萍领导工作小组成功获取了
电讯处的电报密码等绝密信息，了解了军统内部组织和秘密电台
的情况，为中共中央提供了大量宝贵的情报，多次帮助党组织躲
过了敌人的搜捕和破坏；准确掌握并顺利破坏敌人的反动计划和
行动，如一柄出鞘利刃直插国民党特工总部的心脏。

　　张露萍曾写过一首小诗："前程是天上的云霞，人生是海里
的浪花；卿！莫愁徊，趁这黄金的时代，努力着你的前途，发出
你灿烂的光华！"一个对未来有着无限憧憬，立志在青春年华探
索广阔天地、努力奋斗的女青年形象跃然纸上。张露萍也未辜负
党组织、家人和自我的期许，立下了赫赫功勋。

　　1940年，秘密工作小组被国民党军统发觉，张露萍等七人
被诱捕落入敌手，被关押在贵州息烽集中营。在监狱中，她忍受
严刑拷打，一字不吐，也关怀鼓励难友，保护狱中的孩子，包括

刚刚出生的爱国民主人士孙壶东之女孙孟达。为了纪念张露萍，孙孟达的小名就叫"纪萍"。1945 年 7 月 14 日，年仅 24 岁的张露萍唱着《国际歌》被送往刑场，壮烈牺牲。中弹后，她还痛骂敌人"笨蛋，再补一枪"，尽显革命战士嫉恶如仇、视死如归的精神。

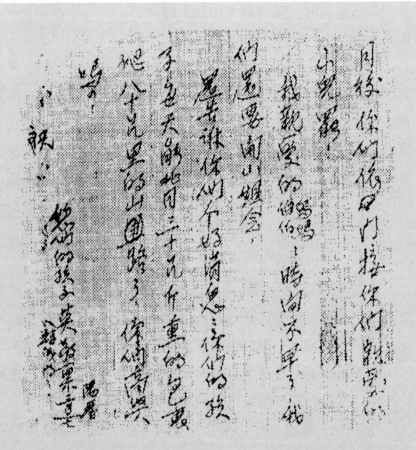

张露萍致父母亲（部分） 1938 年 3 月 27 日

慈祥的妈妈、伯伯：

今天又是三月二七号了。搬〔扳〕着指头数一数，小儿离开你们的膝前已将五月了。在这短短的数月中，使我感到好似几年样的挂念你们，所以我每时刻都在为你们祈上天保你们的康健！

（略）

儿在这儿的生活很好，每天上课是忙极了，因此没有很多的时间写信来问候你们，望你们恕儿罢！

虽然陕北现在已经是前线了，但是我们同学两千多人中没有一个怕的。因为大家都相信百战百胜的八路军。这儿是他们训练了多年的边区，也就是他们的根据地，这儿的老百姓不能〔论〕男女老少都是有组织的，就是说都能打仗的。由于内战时的事实告诉我们，他们都是爱自由的人，不愿作奴隶，所以这次的抗战使他〈们〉更兴奋更努力，都愿意打日本；再加这儿地势的复杂崎岖，使日本机械化的军队是没法的。飞机吗？更无用。

我们住的都是山洞，他拿着简直没法。同时，为了我们的环境恶劣，所以我们的学习更加强了，希望你们不要担心罢。中国人民的军队的八路军和边区亲爱的同胞们，是会保护你们的孩子的！你们一定不要怕。两个月后，你们依门接你们亲爱的小儿罢！

我亲爱的妈妈、伯伯！时间不早了，我们还要开小组会。

还告诉你们个好消息：你们的孩子每天能背三十几斤重的包裹，爬八十几里的山路了，你们高兴吗？

祝。

您们的孩子英敬禀
阳历三月二七日

这是张露萍 1938 年 3 月 27 日在延安学习训练期间，写给父母亲的家书。

写这封家书的时候张露萍才十七岁，离开父母已有五个月，对父母倍感思念，"每时每刻都在为你们祈上天保你们的康健"。张露萍向父母汇报说："儿在这儿的生活很好，每天上课是忙极了"，"每天能背三十几斤重的包裹，爬八十几里的山路了"，"陕北现在已经是前线了，但是我们同学两千多人中没有一个怕的"。环境的艰苦并没有让张露萍退缩，反而苦中作乐，在紧张、忙碌而又活泼的生活学习气氛中不断锻炼自己。

张露萍还写道："大家都相信百战百胜的八路军。"根据地的老百姓不论男女老少都是有组织的，抗敌热情高涨，并且由于地形优势，根据地是安全的。有八路军和同胞们的保护，她请父母不要为自己担心。"中国人民的军队八路军和边区亲爱的同胞们，是会保护你们的孩子的！"这充分反映出她对中国共产党领导的全民族抗战的信心，对八路军和根据地同胞深沉而朴素的热爱和由衷的赞美。

这封家书是张露萍的真情流露，家书中朴实的语言，勾勒出一个奔赴延安投身革命熔炉的热血青年形象，以及为抗日救国而英勇奋斗、无私无畏的战斗豪情。

后来，由于工作性质特殊，张露萍需要在敌特秘密战线与各色人等周旋，在狱中她也未承认自己的真实身份，因此甚至传出了"张露萍叛变"的谣言，但丈夫李清一直相信妻子对党和革命事业的忠诚和清白。在 1983 年，中共四川省委专门成立调查组调查张露萍等人的经历，在反复调查走访知情人士后，澄清并公

开了张露萍为党和人民所做的工作和贡献，恢复了她的名誉。自
1939年延安一别再未见到妻子的李清为张露萍扫墓，他写了一首
给张露萍的诗：

　　　　苍山埋忠骨，浩气满大川。
　　　　梦随孤魂绕，怎不忆延安？

这对历经磨难、岁月蹉跎的革命伴侣最终于四十多年后以另一种
方式重逢。

四川崇州市露萍广场雕像

27 "如不抗日救国，民众将永无翻身之日"

（沈尔七致母亲，1938年5月17日）

在抗日战争时期，海外华侨捐资助战，表现了空前的民族热忱和爱国情怀，沈尔七就是其中的一位杰出代表。

沈尔七

沈尔七（1914—1942），原名沈庆炬，福建晋江人。与母亲及弟弟、妹妹一家四口过着清苦的生活。由于穷困，沈尔七没能读到小学毕业就辍学。1930年，16岁的沈尔七来到遥远的南洋，找到早年至菲律宾马尼拉市谋生的父亲。从此以后，沈尔七就与父亲共挑生活重担，他当过店员，干过印刷工人，夜间还为两家店铺记账。工作间隙，沈尔七参加了菲律宾华侨总工会所属的青工俱乐部的活动，后来被推举为青工俱乐部的执行委员，开始接受进步思想。

1931年，日本关东军发动"九一八"事变，随后东三省逐步沦陷，菲律宾华侨抗日斗争风起云涌，沈尔七不再安于埋头打工，义无反顾地投身于抗日斗争。这期间，由宋庆龄等人在上海发起组织的"中华民族武装自卫会"决定在菲律宾建立分会，于是沈尔七重返马尼拉市区，开始着手参与筹建分会的工作。分会成立时，参加的各界华侨达数百人，沈尔七被推选为主要负责人。

1934年，沈尔七加入菲律宾共产党。1937年9月，"菲律宾华侨归国义勇宣传队"成立。1938年初，沈尔七组织爱国华侨成立"菲律宾华侨归国抗日义勇队"，回国奔向危难中的祖国，这是沈尔七第一次回国参战。同年2月，这支抗日义勇队编入新四军第2支队。这是参加新四军的第一支抗日华侨队伍。不久，沈尔七任菲律宾华侨回国随军服务团团长，并转为中国共产党党员。他率团队随新四军2支队奔赴皖南，经过正规军训后奉调转入军政治部做民运工作。

1938年，沈尔七受新四军军部之命，带着叶挺军长的重托，脱下军装返回菲律宾。他历时4个月，行程万里，动员华侨青年回国参战。1939年9月重返新四军军部，将侨捐的医药器械等物资带给新四军。

1940年4月，他从皖南奔赴苏南战场的行军路上，因表现很好受到陈毅、粟裕的赞扬。在苏南前线，沈尔七参加了江苏句容西塔山战斗，这是他直接参加的第一次战斗。他一面英勇作战，一面抢救伤员，积极做好宣传鼓动工作。8月间，他又参加了镇宝公路的战斗，他随部队勇敢冲杀，与战友一起击溃了顽军两个团的进攻，并歼灭日军一个小分队。

1941年11月，沈尔七再次回国，参加党领导的广东人民抗日游击总队。1942年2月，沈尔七率队参加深圳葵涌的一次激烈战斗，击溃敌顽军一部。年中，沈尔七因参加战斗致伤而积劳成疾，患了严重的肺结核病，住进医院治疗。一生革命至上的沈尔七，接受治疗期间，仍不忘工作，担任了医院政治指导员。5月，在一次与国民党顽军的激战中，为掩护其他伤病员撤离，沈尔七中弹牺牲，时年 28 岁。

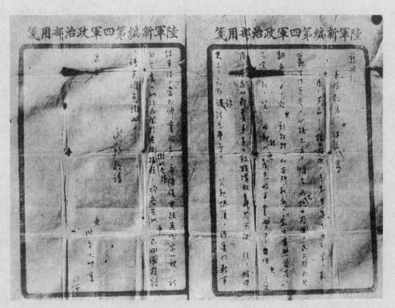

沈尔七致母亲　1938 年 5 月 17 日

慈母亲：

　　来信敬悉，儿平安，勿念。

　　儿为了革命——抗日救国，多年未寄分文到家，致母亲生活更苦，心殊不安。惟今如不抗日救国，民众将永无翻身之日，故儿愿牺牲一切奋斗到底。"家中甚然困苦"，不言□知，望母亲能以儿为光明事业努力，勿怪儿之不肖，安心教养弟弟。致联溪叔与天渊之信，顺便夹上，乞即设法交予。父亲抵厦，待厦门战事结束后，当即修禀问安，并催促其从速回家一视，祈勿介虑。以后凡关于吾乡征收各种捐税，均各告以儿已回国投效，请其准免征收。

此致敬请

康安

儿沈尔七叩禀

17/5

这是沈尔七 1938 年 5 月 17 日在皖南，写给母亲的家书。

在抗日烽火中，沈尔七无暇顾及家中，甚至回到祖国也没有返家省亲。晋江乡下的母亲十分挂念儿子，写信探询在抗日前线的沈尔七，并告知"家中甚然困苦"。这是他给母亲的回信。

沈尔七在信中告诉母亲自己平安，不要挂念，然后解释自己"为了革命——抗日救国，多年未寄分文到家，致母亲生活更苦，心殊不安"，向母亲表示深深歉意和愧疚。同时，沈尔七向母亲讲明民族大义，"如不抗日救国，民众将永无翻身之日"，表明自己抗战到底的决心："儿愿牺牲一切奋斗到底。"信中还希望母亲体谅，儿子为了抗战事业努力，以致无法孝敬母亲，无暇解决家里的困难，"勿怪儿之不肖"。劝导母亲好好养育弟弟，还表示将致信父亲问安。沈尔七抗日救国，牺牲小家为大家，充分展现了他胸怀坚定理想信念，为祖国解放，为民众彻底翻身，甘愿牺牲，奋斗到底的崇高革命精神。

鲜红的血浸染了祖国大地，实践了他为救国而"牺牲一切奋斗到底"的铮铮誓言，留下了那一颗赤诚的中国心，闪闪发光。

28 "时局不允许我不走"

（郑玉奎致叔父，1938 年 8 月）

　　"亲爱的哥哥，今天，给你写这封信，我就是想告诉你，你当年的理想，如今都实现了……"在位于丽水龙泉西街街道白云岩村下樟自然村的郑玉奎烈士故居，郑玉奎 92 岁的五妹郑碧玉正一字一句诵读着自己的思念。这封穿越时空的"家书"，收信人正是郑玉奎。

郑玉奎

　　郑玉奎（1923—1942），字璧如，浙江龙泉人，是当地一个富裕家庭的长子。他的名"玉奎"和字"璧如"都与玉器有关，可见当时家里的长辈对他寄予厚望，希望他成长为如玉一般正直的君子。他自小聪明好学，学习成绩优异，爱好音乐绘画，对家乡对祖国的风景河山充满热爱。由于在学校受了地下党宣传的影响，郑玉奎很小就萌发了抗日救国的抱负，希望追随致力于推翻清王朝统治的黄花岗七十二烈士，以青年之躯报效祖国，在国难当头之际救中华民族于水火。

　　1938 年 7 月，郑玉奎与林必达（后改名林千，新中国成立后长期从事军事外交工作）等，同汉口八路军办事处取得联系，计划投奔革命圣地陕北。同年 8 月，一行人历经长途跋涉辗转到达洛川，既锻炼了身体，也磨炼了意志。郑玉奎（当时改名郑涵）进入抗日军政大学学习思想文化知识，接受军事训练，并加入中国共产党。1939 年 7 月郑玉奎结业后，先后被派往八路军司令部、新四军政治部工作。1941 年，国民党反动派制造了震惊中外的皖南事变，郑玉奎等一大批新四军将士不幸被捕，被送至上饶集中营。在集中营中，郑玉奎痛斥反动派假意抗日真心挑起内战，他经受了残酷刑罚却从未动摇，在集中营转移途中参与赤石暴动。1942 年 9 月，郑玉奎英勇就义，年仅 19 岁。

瑞叔：

（略）

伟大的时代来临了，更伟大的时代又将要来临。我们不要轻易地让他放过，我们要紧紧地挽留着大时代旋转；我们要赶上大时代，我们更希望要时代来赶上我们。这虽是我们不能实现的现象，但起码，我们不要做一个落伍的人。瑞，处在这样的一个全民抗战，为生存、为自由抗战的时期里，我们每一个中华民国的国民，都有准备荷枪上火线杀敌的必要。不过在一个能力薄弱的我们，还需要受相当的训练后，来动员一般没有知识的民众。瑞，我们处心积虑的结果，我下了十二万分的决心要走，忍心地离开我们可爱的家乡，暂别了我们甜蜜的家庭，亲爱的父母、兄弟姐妹。我原知道祖父母对于我这样远行，感到不安。但是时局不允许我不走。瑞，你可有经验吧？假如你毕业了时，你在家里多少的苦闷呀！平时短促的日子，那时竟会长得一两倍都不止，家庭生活都感到没有和假期回里时甜蜜。现在国家到了这种时候，我们还能安居在家吗？还忍得住在学校里读死书吗？我不愿在这种时候读中学了，我更不愿意回到那"十六世纪"的处中去。金中虽去报过名，我等不愿再考，我以为求学还是社会好。学校的不过是一种理论，学校的生活和社会上的是不同的，不适合的。只要自己用功多看书，没有学问不好的道理。"社会上做事要资格"，"定要学校毕业"的话是不对的。我相信只要有能力都行，例子也是很多。瑞叔，不过我还是希望你进初中的，因初中是将来到社会上做事的基础。不过在学校里要多看课外的书，尤其是社会科学，将来我恐怕也会有书寄给你的！

我们这次出去，是想到一个很苦很苦的地方去训练，来充实我们将来在社会上做事的基础，培植能力，增加我们抗敌救亡的理论！究竟是否达到，将来再告诉你，你暂可不必说，一切的人都不可说，除你自己以外。最近的目的地是湖南长沙！

瑞叔，当我们出发前，中国抗战的胜利已开始了，昨天便克复了富阳，我相信当我们返里时，中国的境内定没有一个日本鬼子了！我们努力着，最后胜利定不远了！

我去后，祖父母定异常挂念和不安，万望叔安慰他俩。途中定平安，请勿挂念。（略）

敬祝

中国抗战胜利！

民族解放万岁！

你的侄剑秋上

出发前一天书于金华公僚茂旅馆

这是郑玉奎 1938 年 8 月，写给叔父郑兆瑞的家书。

1937 年，郑玉奎中学毕业时仅 14 岁。当时国难日亟，没有民族的独立和解放，平静安稳的生活就是幻影。"现在国家到了这种时候，我们还能安居在家吗？还忍得住在学校里读死书吗？"在激荡的战争岁月，郑玉奎一面鼓励叔父进入初中读书，一面开始将自己的人生同国家的命运紧紧地联系在一起，计划奔赴陕北，在广阔的社会中学习实践："我以为求学还是社会好。学校的不过是一种理论，学校的生活和社会上的是不同的，不适合的。"

此行前路茫茫，祸福难测，又远离父母兄弟和祖父母，郑玉奎也知道"我去后，祖父母定异常挂念和不安"，但是他还是义无反顾地投入抗日救亡的时代大潮中，"伟大的时代来临了，更伟大的时代又将要来临"，"我们要赶上大时代，我们更希望要时代来赶上我们"，"处在这样的一个全民抗战，为生存、为自由抗战的时期里，我们每一个中华民国的国民，都有准备荷枪上火线杀敌的必要"。刻画出举国上下拼死救国的火热图景，也表达了自己舍身赴死的决心。

全民族抗战爆发后，地处浙西的龙泉成为浙江抗战的后方，但为了更好地投身革命，郑玉奎"下了十二万分的决心要走"，去追求真理，实现自己报国的夙愿。对于未来的困难，郑玉奎也有相当的决心："我们这次出去，是想到一个很苦很苦的地方去训练，来充实我们将来在社会上做事的基础，培植能力，增加我们抗敌救亡的理论！"他坚信胜利必将属于中国。正是千千万万像郑玉奎这样的热血青年，筑起了中华民族坚不可摧的精神脊梁。

根据同行人钟寄的回忆，郑玉奎出身良好，在家中颇受宠爱，当时稚气未脱，身体略胖，很不习惯作长途跋涉。但郑玉奎穿越千里北上，又在延安抗大接受教育和锻炼，变得更加结实，更加吃苦耐劳。在他的回忆里，郑玉奎曾将家里寄来的 20 元送给他作路费的补充，还拜托他有空回家看看自己的祖父母和双亲。可惜的是，郑玉奎却再未回到家乡。如今，郑玉奎烈士故居已经成为了红色旅游和爱国主义教育的基地。他的妹妹郑碧玉还写了一封穿越时空的"家书"，告诉哥哥当年赶走侵略者、打倒反动政府、建立新中国的愿望已经全部实现了。这足以告慰这个小小年纪便背井离乡、奔赴救亡的革命烈士。

29 "为抗战建国伟业共同努力"

（刘英致岳母及诸兄，1939 年 10 月 16 日）

1939 年 10 月 16 日，在浙江丽水，一对久经考验的革命伴侣刘英、丁魁梅同志举行了简单的婚礼。在这个特殊而甜蜜的日子里，夫妻二人特将新婚的喜讯写信告知母亲和兄长。

刘英致岳母及诸兄 1939 年 10 月 16 日（誊抄本）

敬爱的母亲并转诸兄：

我俩蒙陈怀宽、杨超两先生之介绍，并征得双方家长的同意，谨于中华民国廿八年十月十六日在温州敝舍举行结婚典礼，时值国难，一切从简。

我俩从此结合，定能本着互尊、互勉、互谅、互助之精神，结成牢不可破的终身伴侣，为抗战建国伟业共同努力！谨此奉

告，敬请

福安！并祝

阖家健康！

儿林远志　丁魁梅谨上

廿八年

十月十六日

刘英

刘英（1906—1942），原名刘声沐，化名可夫、爱群、林远志等，江西瑞金人。1929年，刘英参加红军。同年9月，加入中国共产党。先后担任红军连指导员，营、团、师政委，军团政治部主任等职，参加中央苏区五次反"围剿"斗争，屡立战功。1934年，北上抗日先遣队成立，刘英任政治部主任。同年冬，刘英率领一部分同志回到浙江，成立挺进师，并任师政治委员，和粟裕一道领导这支部队进行游击活动，牵制国民党军队，掩护中央主力红军北上。从1935年开始，和粟裕率部在浙江开展三年游击战争。1937年，创建浙南游击根据地。1938年4月，奉命编入新四军第1支队，刘英任参谋长。曾任中共浙江省委书记、中共中央华中局委员、华中局特派员。

在这封家书中，刘英简洁地向岳母报告婚礼的情况。面临复杂多变的环境，新婚的甜蜜并没有让刘英夫妇丝毫放松警惕，为了防止家书被日伪敌特、国民党情报组织截获而泄露党的秘密，刘英故意将婚礼地点写成了"温州敝舍"，落款则使用了"林远志"的化名。这不仅显示出刘英时刻保持警惕的革命斗争经验，也体现了他将"保守党的秘密"的入党誓言贯彻到底的坚定决心。

这对革命伴侣志同道合，不仅有着普通夫妻儿女情长的甜蜜温存，更有在艰苦卓绝的革命斗争环境中共同建立起来的革命理想。家书字里行间透露着夫妻二人纯洁的爱情观、高远的人生追求和为党为国献身的革命信念。婚后的刘英夫妇十分恩爱，继续一如既往、一往无前地并肩作战。不幸的是，1942年2月的一个清晨，刘英在温州外出与上级党组织派来的同志秘密接头、传递情报时，由于叛徒的出卖，不幸被国民党特务组织浙江省中统局逮捕。

得知刘英同志被捕的消息后，时任中共浙江省委机关秘书的丁魁梅悲愤万分，亲自去上级党组织报告此事，并当机立断在第一时间内，将家里的机密文件、密电码以及中央领导同志的照片迅速销毁。丁魁梅强压内心的悲痛，忙而不乱，机智地将中共浙江省内重要的

刘英与妻子丁魁梅合影

机关联系地址、姓名放在棉被中，悄悄地转移走，保护了全省各地党组织免受损失。

同年 5 月 17 日，蒋介石自重庆后方发来急电，命令浙江省中统局立即处决刘英。次日，刘英被国民党反动派秘密处决，壮烈牺牲，时年 36 岁。当时的丁魁梅，已有孕在身，丈夫牺牲的噩耗传来，悲痛欲绝。这段凄美悲壮的革命婚姻仅仅持续了两年有余，夫妻二人便从此天人永隔。刘英牺牲后，丁魁梅这位对爱情忠贞的巾帼英雄终身未再嫁，坚定不移地继续着丈夫未竟的崇高革命事业，见证了无数革命志士为之前赴后继的中华人民共和国的诞生，践行了"为抗战建国伟业共同努力"的誓言，谱写了一曲感天动地、催人泪下的红色恋歌。

30 "国家亡了，我们就要做人家的奴隶了"

（符克致父兄，1940 年 2 月 11 日）

一面柔情似水，一面果敢坚定，符克就是这样一位革命斗士、抗日英烈。他的一生短暂而壮烈，他不遗余力在海内外为抗日救国而奔忙，最终用鲜血和生命树立起一座"生为民死为民，生伟大死光荣"的精神丰碑。

符克（1915—1940），出生于海南文昌县一个华侨之家。1925 年至 1928 年就读于广州南海中学。1933 年侨居越南，在西贡（今胡志明市）当小学教师。1935年，符克回国进入上海国立暨南大学学习。1938 年初，符克进入延安陕北公学学习，并加入中国共产党。同年秋，中共中央为进一步动员和组织广大海外华侨参加抗日救亡运动，抽调人员组成海外工作团，到东南亚各国开展华侨工作。符克受党组织的派遣，

符 克

前往越南发动华侨支援祖国抗战。符克利用自己在越南的亲朋好友，深入各种工会组织，奔走于大街小巷，和华侨促膝谈心，宣传抗日救亡思想，在华侨中产生了很大影响。

1939 年 2 月，日军侵占琼崖的消息传到越南。符克组织越南琼崖侨回乡服务团，符克任团长。服务团的团员们放弃安定的生活，跟随符克回到琼崖参加抗日斗争。不久，在中共琼崖特委的

支持下，以救国救乡为目标的琼崖华侨回乡服务总团于 1940 年
6 月 19 日宣布成立，符克任团长。在符克的领导下，服务总团分
成若干工作队，活跃在琼崖的城镇、椰林和村寨。他们积极进行
战地救护，开展宣传抗日等工作，组织各种抗日团体，有力推动
了琼崖人民的抗日救亡斗争。

　　1940 年 8 月，国共摩擦不断升级，符克不顾个人安危，亲赴
国民党琼崖守备司令部商谈团结抗战，惨遭国民党顽固派杀害，
时年 25 岁。

符克致父兄　1940 年 2 月 11 日

爸爸和大哥：

　　前月在港时，曾付上一函，来书收到否？念念！家惠兄于前日来港得遇，知□阖家均告安好，生意也比前兴旺，喜慰得很！

　　我于去年底本拟返贡一行，当因环境不许，不得不作罢论了。正在此时，琼侨救总会诸公，为展开琼崖救济工作，加强华侨与当地政府的联络，乃设立总会救济〈救济〉会琼崖办事处，其主任一职要我来负，同时总会各服务团总的领导人又是我，因此之故，这次□不得不重返琼崖，负责□行□□工作。于是，返贡之念暂时只好打消了。爸和哥！别挂心吧！鬼子赶出国土以后，我们一定能够得以共叙天伦之乐的！

　　我已于前月底携带大批西药品及慰劳品抵广州湾，因年关关系，没有船只来往，迫得暂住这里。料再逗留数天，便能渡海了。

　　我近来身体都比前健康，故□物质生活虽然是艰苦一点，但精神总是愉快的，并未感到任何痛苦的地方。至于工作，虽然是在危险的环境中去进行，似随时有生命之虞，但我能时刻谨慎小心，灵活机□且人吉天相，想必安然无恙也。假使遇有不幸，也算是我所负的历史使命完结了，是我的人生的最大休息了。总之，怨〔愿〕望你们保重身体，和睦共聚，经营生意，谋将来家庭之发展，勿时常挂我于心也。

　　爸和哥：你们宠爱和抚育我的艰苦和尽致，我时刻是牢记着的。不过，在中国这样的国家里头，特别是在这样严重的国难时期中，我实在是没有机会与能力来报答你们的。也许你们会反骂我不情不孝吧。爸和哥别怀疑和误会吧！我之自动参加救国工作，不惜牺牲自己生命，为的是尽自己之天职。尽其能力贡献于民族解放之前而已。我相信你们是了解的。国家亡了，我们就要做人家的奴隶了，抗战救国争取胜利，不是少数所能负得起的。我之参加革命工作，也希望你们放大眼光与胸怀，给予无限的同情与原谅吧！

谨此，祝阖家均安！

克上

二月十一日于西营

这是符克 1940 年 2 月 11 日在海南，写给在越南谋生的父亲及兄长的家书。

符克在这封家书中写道："国家亡了，我们就要做人家的奴隶了，抗战救国争取胜利，不是少数所能负得起的。"表现了誓死不当亡国奴的民族自尊。他说："我之自动参加救国工作，不惜牺牲自己生命，为的是尽自己之天职。尽其能力贡献于民族解放之前而已。"把"天下兴亡，匹夫有责"的爱国情怀，表达得淋漓尽致。在战火纷飞的年代，符克以革命乐观主义精神，直面死亡的威胁："假使遇有不幸，也算是我所负的历史使命完结了，是我的人生的最大休息了。"符克没有忘记家庭的养育之恩，他为自己不能对父母及家庭尽孝尽职深表歉意。自古忠孝难两全，在家与国、情与义之间，符克选了国、取了义，个人情感服从于民族大义。他恳请父亲和哥哥理解自己强烈的家国情怀和救亡图存的爱国之心。

符克用短暂而壮烈的一生，书写了人生的璀璨。曾任中共琼崖特委书记的冯白驹将军 1951 年为符克题词："生为民死为民，生伟大死光荣。"

2021 年 12 月 29 日，琼侨抗日英烈符克的女儿符曼芳向海南省档案馆捐赠一批珍贵档案资料，包括 4 封家书、1 本纪念册、3 本书籍及多张照片。其中的纪念册上写满了抗日救国的宣言。这些档案资料，不仅记录着符克当年英勇斗争、矢志救亡图存的思想活动，展现了他强烈的家国情怀，也真挚地流露出他对家人的关爱和思念。

31 "我在死前一分钟，都要为无产阶级工作"

（金方昌致兄长，1940 年 12 月 2 日）

"我在敌人的牢狱里、法庭上、拷打中、利诱中，始终没有半点屈服、惧怕……我没有想过我再会活，也决不会活，我只有死。不过，我在死前一分钟，都要为无产阶级工作……"这是年轻的抗日英雄金方昌在就义前写给哥哥的一封信。在信的最后，金方昌还鼓励哥哥继续战斗，直到迎来最后的胜利。

金方昌

金方昌（1921—1940），回族，生于山东聊城一个小商贩家庭。金方昌的父亲以经营食品为业，一直希望儿子通过读书改变命运。1935 年，金方昌考入聊城省立第三中学。这年冬天，"一二·九"运动爆发，金方昌和聊城的爱国学生们奋起响应，不久他离开聊城来到济南，开展抗日救国宣传工作。

1937 年，金方昌跟随哥哥来到山西运城，考入民族革命大学二分校。1938 年 2 月，加入中国共产党，他向党组织强烈要求到抗日最前线工作。同年 8 月，金方昌从民族革命大学毕业，被派往晋察冀边区，到代县"牺牲救国同盟会"工作，是代县抗日根据地的创始人之一。

不久，中共代县县委进行改组，金方昌任代县赵家湾区区委书记。在金方昌的领导下，经过减租减息斗争，赵家湾区人民群众的抗日热情日益高涨，各村都建立了农会、青救会、妇救会、民兵自卫队等，成立了党的基层组织。赵家湾区成为代县抗日斗争的一个坚强堡垒。

1939 年冬，金方昌被调到地处日伪统治中心地带、抗日工作基础薄弱的代县城关区任区委书记，领导群众开展减租减息斗争。他率领武装模范队的战士们和各村民兵，割电线，挖公路，伏击敌人的巡逻队，打得日军惊魂不定，龟缩在炮楼里不敢出来。日军和代县伪政权悬赏重金，捉拿金方昌。

1940 年 2 月，金方昌当选为中共代县县委委员。11 月 23 日，金方昌在代县城东北赤土沟一带顺利完成督送公粮任务后，夜宿大白庄西山洞，被敌探告密，遭敌包围，突围时子弹用尽，因寡不敌众被捕。敌人对金方昌威逼利诱，施以种种酷刑，砍掉了他一只胳膊，挖去了他一只眼睛，但他宁死不屈。1940 年 12 月 2 日，在就义的前一天晚上，金方昌借着月光，用铅笔头在纸烟盒上写下这封绝笔信。次日，金方昌英勇就义，年仅 19 岁。

金方昌用烟盒纸写给党组织的信

这是金方昌同志通过同狱同志发出的信

永昌、默生贤兄：我于二十九年十一月廿三于大西庄村被敌捕，被捕时以手枪向敌射击，弹尽将枪埋藏后被命也现，故有时会迫上被捉，我高呼中华民族解放万岁，并向敌伪讲演。

我在敌人的牢狱里、法庭上、拷打中、利诱中始终没有半点屈服、悔恨，我在被捕后没有丝毫悲伤，我只有仇恨和斗争，我知道我是为了民族的解放全人类的解放而牺牲，我在牢狱是向这些罪人工作着，我没有想过我再会活，也决不会活，我只有死，不过我至死前一分钟都要为无产阶级工作。

我要求哥哥们：

一、能坚决为无产阶级革命奋斗到最后胜利的时候，这不但是你们要有这种人生观，能为这种事业干，并且得把自己锻炼成像列宁、斯大林、毛泽东一样会运用马列主义到实际中去，这样才能使自己坚持到无产阶级革命成功的时候，这里边还有这样苦莲，就是希望你们能在快乐的幸福的共产主义社会里生活，最后希望到那时候你们还存在。

二、要求哥哥们你把咱们弟弟妹妹们都能锻炼成无产阶级的革命战士，尤其是把幼弟（你昌）能培养成坚毅的革命伟大人物。

哥哥们永别了！祝你们健康。致最后敬礼！

你的弟弟 写于敌人木笼。十二·二

金方昌致兄长　1940 年 12 月 2 日

永昌、默生胞兄：

我于二十九年十一月廿三号，在大西庄村被敌捕。临捕时以手枪向敌射击，弹尽将枪埋藏后拼命北跑，敌有骑兵追上被捉。我高呼中华民族解放万岁，并向敌伪讲演。

我在敌人的牢狱里、法庭上、拷打中、利诱中，始终没有半点屈服、惧怕。我在被捕后，没有丝毫悲伤，我只有仇恨和斗争。我知道我是为了民族的解放、全人类的解放而牺牲。我在牢狱是向这些罪人工作着，我没有想过我再会活，也决不会活，我只有死。不过，我在死前一分钟，都要为无产阶级工作。

我要求哥哥们：

一、能坚决为无产阶级革命奋斗到最后胜利的时候。这不仅是你们要有这种人生观，能为这种事业干，并且得把自己锻炼成像列宁、斯大林、毛泽东一样会运用马列主义到实际中去，这样才能使自己坚持到无产阶级革命成功的时候。这里边还有这样希望，就是希望你们，能在快乐的幸福的共产主义社会里生活，最后希望到那时候你们还存在。

二、要求哥哥们能把咱们弟弟、侄侄们都能培养成无产阶级的革命战士。尤其是把七弟（尔昌）能培养成坚强的革命伟大人物。

哥哥们永别了！祝你们健康，致最后敬礼！

你的弟弟写于敌人木牢

十二 二

这是金方昌 1940 年 12 月 2 日，写给哥哥金永昌、金默生的绝笔信。

金方昌在家书中，叙述了被捕和坚持斗争的过程。被捕时，他高呼"中华民族解放万岁"，并向敌伪喊话。在狱中，他面对穷凶极恶的敌人，没有半点屈服和畏惧，"只有仇恨和斗争"，并坚持向同狱难友和狱卒们宣传抗日救国道理。在敌人狠下毒手后，他用剩下的手指蘸着眼睛里流出的滴滴鲜血，在监狱的墙壁上写下："严刑利诱奈何我，颔首流泪非丈夫。"他以自己的牺牲，展现了共产党人宁死不屈、舍生取义的崇高形象。

金方昌希望哥哥们完成自己的遗志，"能坚决为无产阶级革命奋斗到最后胜利的时候"，"能在快乐的幸福的共产主义社会里生活"，希望把本家子弟"培养成无产阶级的革命战士"，表现了一个革命者头可断、血可流，理想信念不可丢的高尚情操。

19岁，正是读书的年龄，而金方昌已经锻炼成一个坚强的无产阶级革命战士。为了中华民族和全人类的解放，他已经做好了牺牲的准备。即使身陷牢笼，备受折磨，也毫不磨损信仰的光芒。斯人已去，精神永存。金方昌那慷慨激昂的革命誓言、坚不可摧的爱国意志激励我们青年一代，为中华民族的伟大复兴不断奋勇向前。

1986年，聂荣臻元帅为金方昌题词："抗日民族英雄金方昌烈士永垂不朽！"2014年9月1日，金方昌被列入民政部公布的第一批300名著名抗日英烈和英雄群体名录。

32 "做了对得起民众的工作"

（翁世俊致父亲，1941 年 9 月 25 日）

抗日战争期间，舟山人民在中国共产党的领导下，高举抗日救国大旗，与侵略者进行不屈不挠的斗争，涌现出不少抗日英雄，普陀展茅翁家四姐弟就是其中的代表。翁家四姐弟中，翁世俊最小，他的三个姐姐均是抗日积极分子、中共党员，他们一家称得上是抗日革命之家。

翁世俊（1927—1941），又名翁滋铨，浙江普陀人。父亲翁百文最初是经营店铺的商人，后弃商从教。翁世俊自幼酷爱学习，喜欢书法；他性格倔强，遇事机灵。他小学五年级时通过阅读《东周列国志》《水浒传》《岳飞传》等作品和鲁迅的著作，在思想上孕育了强烈的民族自尊心和爱国情感。

翁世俊

1940 年，受到中国共产党革命理念与抗日救亡思想的感召，积极接受党的教育和培养，参加抗日工作。当时地下党员常在翁家开会，翁家姐妹站岗放哨，小弟翁世俊，是四姐弟中最出色的抗日骨干。因年龄小，个子不高，在搜集情报做联络工作时他常扮成牧童混过敌人关卡，多次完成任务，颇受党组织信任。1941 年，翁世俊任中共定海县工委控制的洞岙区署的文书工作，参加抗日游击队的反"清乡"斗争。同年9月28日，共产党领导的武装大队准备夜袭日伪军治安大队，翁世俊接受了张贴标语口号、散发传单的任务。战斗打响时，他还独自一人把"打倒汉奸卖国贼"的标语贴到敌人的岗亭上。

为掩护主力部队转移，翁世俊等人被日伪军包围，最终弹尽力绝，身负重伤，终因寡不敌众而英勇牺牲。翁世俊时年仅14岁，被当地百姓称为抗日小英雄。

翁世俊致父亲　1941年9月25日

父亲大人：

这次被你看到后，留住两天，要我在家读书，等人大些再出去工作。你的话虽然是不错，但是我觉得住在家中没有意思，时局发展不容许我住在家里。因此，只好不听你话，离开了家中。请你别记挂，别气恼，请你保重身体。我已投入有意义的生活，我人虽然小，但已懂得了许多道理，做了对得起民众的工作。一边学习，一边工作，只会进步，觉得十分愉快，这里比家中温暖。我做的事情将来你会知道，到了那时你一定也会赞成我的吧！别的话下次有机会再谈。请你不要来找我，因我没有一定住址，反而不便。

敬祝

大人身体健康

> 儿世俊谨上
>
> 八月初五

这是翁世俊 1941 年八月初五日（9 月 25 日）写给父亲的家书。至今，这封家书已时隔八十余载，其中个别字迹已模糊，但少年豪情与壮志，仍力透纸背。

1941 年，日军从上海调集兵力对舟山地区进行"清乡扫荡"，在极端困难的情况下，翁世俊所在的抗日武装与敌人展开了反"扫荡"斗争。期间，翁世俊给父亲留下了这封告别的家书，短短五天后，他就在掩护游击队转移的战斗中壮烈牺牲。这封家书竟成了"绝笔"，从此父子天人永隔。

翁世俊在家书中向父亲解释了自己离开家庭参加战斗的原

因，他写道："时局发展不容许我住在家里。因此，只好不听你话，离开了家中。请你别记挂，别气恼，请你保重身体。"在抗日大业与民族大义面前，年仅 14 岁的翁世俊毅然决然地奔赴战场，小小年纪竟然有这样的理想抱负，令人感佩。

在家书中，翁世俊还写道："我已投入有意义的生活，我人虽然小，但已懂得了许多道理，做了对得起民众的工作。一边学习，一边工作，只会进步，觉得十分愉快，这里比家中温暖。我做的事情将来你会知道，到了那时你一定也会赞成我的吧！"投身革命即为家，生命的质量不在于长短，而在于它的价值，这正是翁世俊短暂而光辉一生的真实写照。

这封信看似平淡，其实满含着这位少年英雄对革命事业的一片赤胆忠心。他为一边工作一边学习取得的进步而感到愉快，更为投入有意义的生活，为民众的幸福生活奋斗而自豪，直至献出风华正茂的生命。翁世俊最绚烂的生命芳华永久地定格在了 14 岁，当年少年英雄的拳拳报国志向和动人的英雄悲歌，值得我们钦佩、缅怀、致敬。自古英雄出少年，历史将永远记住这位为民族解放献出宝贵生命的少年英雄！

33 "枪林弹雨是军人们的家常便饭"

（彭雪枫致妻子，1941 年 10 月 24 日）

1938 年 9 月，在中国共产党的领导下，河南省诞生了一支新四军支队，在豫东燃起抗日烽火，彭雪枫就是这支英雄部队的主要领导者和指挥员。"为民族，为群众，二十年奋斗出生入死，功垂祖国；打日本，打汉奸，千百同胞自由平等，泽被长淮。"这是中国工农红军和新四军杰出指挥家、军事家彭雪枫二十年革命生涯的生动写照。

彭雪枫（1907—1944），出生于河南省镇平县一个贫苦的农民家庭。1925年进入北京育德中学学习，在进步教师的指点和帮助下，他利用课余时间，如饥似渴地阅读《共产党宣言》《新青年》等革命书刊。同年，加入中国共产主义青年团。1926 年，加入中国共产党，从事学运、兵运工作，参与领导农民暴动，开展党的秘密工作。他激动地说："党就是我的母亲，革命就是我的一切。"

彭雪枫

1929 年 4 月在天津工作时，得知母亲病故，彭雪枫十分悲痛。其伯父乘机劝他："在此乱事之秋，搞革命太危险，还是回去顾顾自己的家吧！"他忍着悲痛，坚定地对伯父说："革命是顾千家万家，不能只顾一家，革命就不怕危险。"

1930 年 2 月，彭雪枫奉命到上海中央军委机关工作。同年 4 月，中央批准了他的请求，转到中央苏区，到中国工农红军中去施展才干，参加了历次反"围剿"作战和长征。在红军长征途中，彭雪枫率部屡为先锋，指挥若定，战功卓著。长征路上，他调任红五师师长，部队缩编，红五师改为红十三团，他任团长。在毛泽东制定的二渡赤水、强攻娄山关、再占遵义城的战略行动中，彭雪枫率领的红 13 团，经过连续冲锋，攻克了易守难攻的娄山关。"西风烈，长空雁叫霜晨月"，"雄关漫道真如铁，而今迈步从头越"，毛泽东这首脍炙人口的《忆秦娥·娄山关》，就是对彭雪枫指挥的这次抢关战斗的真实写照。

1936 年，彭雪枫参加红军东征。全民族抗战爆发后，任八路军总部参谋处处长兼驻晋办事处主任。1938 年春，调河南省任军事部长，到确山县竹沟组织和领导游击战争。9 月，组建新四军游击支队，领导开辟豫皖苏边区抗日根据地。后任新四军第 6 支队司令员兼政治委员、八路军第 4 纵队司令员。1941 年皖南事变后，彭雪枫任新四军 4 师师长、淮北军区司令员，领导根据地军民同日伪军进行艰苦斗争，巩固和发展了淮北抗日根据地。

1944 年 8 月，彭雪枫奉命指挥所部进行西进战役。1944 年 9 月 11 日，在河南夏邑八里庄作战时壮烈牺牲，时年 37 岁。

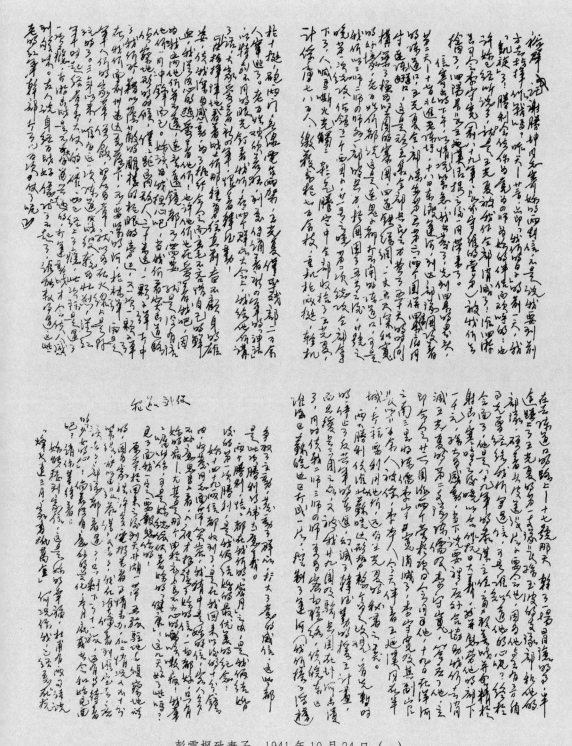

彭雪枫致妻子　1941 年 10 月 24 日（二）

裕群：

托谢胜坤同志寄你的两封信，不是说我要到前方去指挥作战吗？昨天——廿三日，亦即"我们的日子"的前一天，我"凯旋"了！胜利会使你为党为四师为你的伴侣而欢呼的！也许你已经听说了，就是王光夏被我们全部消灭了！淮泗游击司令李守宽（前八十九军军长李守维的堂弟）被我们生擒了，泗阳县长王乃汉活捉之后一同带来了。

　　信寄出的下午，以情况紧急，我出发了，先到泗县的界头，第二天——十七日北进老陈圩，十八日东渡运河，到达部队围攻着的陈道口，王光夏全部保安第五第六两个团并泗阳县府同守陈道口，这是顽王集全部兵民之力费了五十天的时间构筑了极为坚固的寨围，四道铁丝网，一丈五尺深和宽的外壕，老百姓们都说这是连鬼子都打不开的陈道口，可是我们以三师二师四师各一部的兵力，于围困了五天之后，廿号之晚第一次总攻，占领了一个西围子，廿一号之晚第二次总攻全部拿下了，人喊马嘶火光触天杀气腾空中全部收拾了王光夏，计俘虏七八百人，缴获步枪七百余枝，重机枪两挺，轻机枪十挺，炮两门，无线电台两架，王光夏仅率残部二百余人窜逃了。老百姓欢欣若狂，到处传诵着新四军的"神话"，以特别不同的眼光盯着我们，在两个群众大会上，我给他们讲了话，大家爱着新四军，恨着韩德勤！

　　在指挥阵地上，看着战士们那种勇往直前奋不顾身的雄姿，使我深为感动，为了执行命令而毫不吝惜自己的鲜血，我从内心的热爱着他们！也许他们也在爱着我吧，因为我离他们并不远，连望远镜都不需要，就是没有陪他们一同冲锋而已。你该为我担心吧，当我们看突击道路侦察地形的时候，仅仅距离敌人六十米远，一颗子弹打中了我们所藉以隐蔽的雕〔碉〕楼的枪眼的旁边，又一次一颗子弹在我们面前卅米远处落下，不要紧的啊，枪林弹雨是军人们的家常便饭，习以为常，就以为在火线上是好玩的了。三年以来，唯有这一次陈道口战役较为壮烈，从红军时起经常打大仗，的的确确已经上了瘾，此次算是过了一次瘾，打游击战是不大有兴趣的，打运动战才会使人感到够味。古人说身经百战好像就了不起了，谁能数得过这些老的红军干部打了几百次仗了呢？

在去陈道口的路上——十七号那天，干了一场冒险的事，半途碰上了王光夏的第一支队长孙玉波的支队部和他的部队，硬着头皮送张片子要会他，因为他与王有矛盾事先曾经给我们写过信，可是谁知道他的心呢？终于会面了，他是八十九军的参谋主任，勇敢善战并精于射击，寒暄之后晓以合作抗日大义，并慰劳他的部下一千元，孙大为感动，当下说要里应外合协助我们去消灭王光夏的第二支队陈儒及李守宽，答应了他，立即命令廿六团派两个营于次日会同他，十九日在洋河之南三里将陈儒、李守宽消灭了，李守宽及其副官长以下百余人被俘，李本人今天伴着王乃汉同在半城，打算要利用他们，还有王光夏的秘书之类。

两大胜利使淮北苏皖边形势整个为之改观，首先暂时的停止了反共军的东进，幻灭了韩德勤的援王计画，而且援兵三团之众，又被我廿九团及骑兵团在盐河击溃了，同时使我二师三师四师更为密切联络，使皖东区、淮海区、苏皖边区打成一片，控制了运河（我们搭了浮桥）争取了主动，发动了群众，扩大了党的威信，这些都是此次胜利的伟大意义。

两个胜利，恰恰都在我们的"蜜月"之内，是我俩结婚后的第一次胜利，是我俩结婚的最优美的纪念！

你十四、十九两信都收到了，是在我回来以后的十分钟内，收发同志面带笑容，我猜中是你的信，客人多不好意思马上看，入夜才拜读了你的信，一切都好，只有你的病——尤其是那个由于衣食不小心的咳嗽病！我常常嘱咐你，可是你总依仗着你的

"健康"！这几天好了些吗？见了面我一定要报〔抱〕怨你的！

原本于回来之后到天井湖一带五旅驻地去侦察地形的，因为家里许多电报未看事情未办，加上情况又不十分紧张，所以由张参谋长去了，我在准备着到淮宝去，应该去了，部队都看过了，只剩下了十一旅，还有等待着的"少女的心"！倘若没有意外的变化，本月底或者会和你见面吧？请你等待着。

你能接到家信，这是你的幸福，杜甫有两句诗说"烽火连三月，家书抵万金。"何况你我，已经处在抗日的烽火中一连三年了呢？请代"那个人"问妈妈的好吧，祝福她们老人家，为了安慰老人家的心，请你常常写信报平安吧。共产党员的家还是要的。

总想读点书，老是不会腾功夫，不知道你的时间如何？报章杂志尚堆满了一桌子，更谈不上理论书了，长此下去，将何以堪？！请你督励我。

你的字最近更走样了，有些草得很难认，比如小字你写"4"，岔字你写"□"，而且有些字又拉长了腿，我请求你今后更"正规"些！你怪我不客气吗？不会的！我们是同志啊！假若有机会，练习写字——行书字，也可以陶冶人的性情的，使人更不粗枝大叶。要求你详细研究中央的关于调查研究的指示。

泊生同志为你买的笔，上面有你的签字，已由徐同志带回来了，他又送你一套轻毛绒衣，过湖东去时，给你带来。

要我送哲学选集给××，还没有办到，因为哲学选集只有一部是中央送我的，而主要还是我的一贯的不大惯于与女同志来往，无原无故送东西去，未免有点那个，可是有机会我会设法办到的。

秋风多厉，务祈珍重，珍重！

枫　写于"我们的日子"之夜一时五十分

这是彭雪枫 1941 年 10 月 24 日，写给妻子林颖的家书。林颖，原名周裕群，后改名为周玉琼。

写下这封家书的时候，这对革命伴侣才刚刚举行完婚礼不久。战火纷飞的年代，因工作需要，婚后他们分开在各自的岗位上。无论在行军途中，还是在指挥千军万马时，彭雪枫总不忘写信给妻子，并且把妻子能接到他的书信，看作是一种"幸福"，他在信中引用杜甫的诗说："烽火连三月，家书抵万金。"

彭雪枫大智大勇，在战场上指挥打仗，他经常把指挥位置摆在前沿，甚至亲自侦察进攻线路，直接掌握敌情变化，以便正确指挥部队作战。在信中，他倾吐了亲临前线侦察、指挥陈道口战役的深切感受："看着战士们那种勇往直前奋不顾身的雄姿，使我深为感动，为了执行命令而毫不吝惜自己的鲜血，我从内心的热爱着他们！……当我们看突击道路侦察地形的时候，仅仅距离敌人六十米远，一颗子弹打中了我们所藉以隐蔽的碉楼的枪眼的旁边，又一次一颗子弹在我们面前卅米远处落下，不要紧的啊，枪林弹雨是军人们的家常便饭。"他在给部队讲话时，总是说"战场上贪生怕死是最可耻的"，因此在给妻子的家书中感慨道："古人说身经百战好像就了不起了，谁能数得过这些老的红军干部打了几百次仗了呢？"

正是由于他的英勇无畏，新四军 4 师也很快培养起敢打敢拼、勇猛顽强的战斗作风。豫皖苏边区人民称颂彭雪枫亲率的抗日游击支队是"德治之军"、"文治之军"，称彭雪枫领导的新四军第4师是"天下文明第一军"，彭雪枫是"我们的好师长"。彭雪枫常说："一切都是党的、人民的，连自己的生命都是属于党和人民的。"他牺牲后，中共中央在悼词中赞扬他为"英勇的战士，天才的指挥员"。毛泽东、朱德、刘少奇、彭德怀、陈毅在共同挽词中，称赞他"一世忠贞，是共产党人好榜样"。

彭雪枫与妻子林颖合影

2009年，彭雪枫被中共中央宣传部、中共中央组织部等部门评为"100位为新中国成立作出突出贡献的英雄模范人物"。

34 "一个青年人，不吃苦，会有收获吗？"

（孙晓梅致弟弟，1942 年 3 月 18 日）

在浙江杭州市富阳区龙门古镇，有一幢马头墙高耸、楼屋参差的民居，这是革命烈士孙晓梅的故居。

孙晓梅（1914—1943），化名陈云，出生浙江富阳龙门古镇，

她从小喜欢诗书，受新思想的影响，向往民主和进步。"七七"事变激起了她的抗日救国热情，她拿起手中的笔，积极宣传抗日。1938 年 10 月，她毅然放弃小学教书的稳定工作，带领进步青年步行到皖南新四军军部，参加新四军，进入教导总队第 8 队学习。1939 年初，孙晓梅被分配到新四军政治部所属由薛暮桥任组长的农村经济调查研究组工作。

孙晓梅

1940 年夏，孙晓梅奉命随工作队奔赴苏南敌后抗日根据地，开展民运工作。9 月加入中国共产党，先后担任中共武进县委妇女部长等职。遇有重大任务，或者在斗争紧要关头，孙晓梅总是挺身而出，勇挑重担。她和战友经常扮作农村妇女、贩货商人等，穿越封锁线，出入敌占区，传送文件，收集敌情，护送干部，惩罚敌伪，购买药品和军用物资等，每次都出色地完成了任务。

1941 年初，组织上安排孙晓梅兼任镇江县大港区区长的工作。有一天，她接到报告，大港区的五峰村成立了村联防队，家家配枪。孙晓梅决定想办法把村联防队争取过来，日后可以配合新四军的行动。孙晓梅连夜在五峰村召开全体村民大会，分析了当前的抗日形势，宣传了新四军抗日的决心，动员全体村民加入到抗日的队伍中来。她在五峰村率先成立起了妇抗会、农抗会、青抗会，为在附近村庄开展工作，起到了很好的带头作用。

1943 年 5 月，孙晓梅接到上级下达的任务，派她护送两名新四军干部北渡长江。当时，日伪的"清乡"计划让长江两岸风声鹤唳，敌军几乎封锁了长江沿线，江面上日本鬼子的小汽艇昼夜巡逻，来回搜捕。孙晓梅凭着丰富的经验，在一个飘着细雨的夜晚，成功地将两名新四军干部护送到了江北。不料在返回根据地的半路上，她遭到便衣特务的伏击，不幸落入敌手。

日军宪兵队长听说抓到的新四军女干部，竟然是大名鼎鼎的"一枝梅"孙晓梅，欣喜若狂。为了诱使她说出茅山新四军根据地的具体情况，日军宪兵队长摆下一桌丰盛的酒菜，假惺惺地邀孙晓梅入席，并对她说："你年纪轻轻，前途无量，何苦为共产党、新四军断送了自己的性命，不如和皇军合作。"孙晓梅自然知道敌人的用意，冷笑着说："收起你的这一套吧，我孙晓梅绝不做卖国贼！"日军宪兵队长见利诱不成，十分恼怒，厉声说："那你要知道，和皇军作对，会是什么下场！"孙晓梅拍案而起，怒声骂道："日本鬼子，你们听着，占领不等于征服，向你们摇头乞怜，出卖自己组织、同胞的，只是那些败类、人渣，真正的中国人，你们是永远也征服不了的！"说毕抓住桌子用力一掀，把整桌酒菜掀翻在地。

面对凶残的日本侵略者，孙晓梅宁死不屈，大义凛然，怒斥敌人："你们这些侵略者，掠我国土，屠我同胞，无恶不作，妄想让我背叛祖国，做你们的帮凶，那真是白日做梦！""要杀要剐随你们的便，但你们休想从我的嘴里掏出新四军的一个字！哪里有日本侵略者，哪里就有新四军！中国人民是决不会屈服的，一定会把你们这些侵略者统统赶出去，抗日必将胜利，你们的末日不会远了！"

日军宪兵队长恼羞成怒，命人将孙晓梅拖出去严刑拷打。孙晓梅受尽折磨，坚贞不屈，最终被日军残忍地杀害，时年 29 岁。

孙晓梅致弟弟　1942 年 3 月 18 日（一）

孙晓梅致弟弟　1942年3月18日（二）

煦弟：

（略）

我想你亦这样大了，过了年，已十九岁了。将来怎么样？自己也得打个主意，不能就这样糊里糊涂的过一生，特别是家里有许多例子，像三叔就是榜样。当然，勋、焘弟不会再来抢夺你的财产，但人家都能自立，而你偏要依赖家里的产业来糊生，你想丢脸不丢脸？人这样大了，一点没有志气，读过古人书，不知"男儿志在四方"，自己一点不知振作。

多少青年，为了自己的前途、自己的理想在奋斗，在挣扎，而你仍在梦死醉生，不肯和当前的环境奋斗。你看见过初一的国语课本上有一篇《长江和运河的谈话》吗？其中有几句写得多好呵！"泪是酸的，血是红的，奋斗来的生命，才是美丽名贵的，要折到鲜艳美丽的玫瑰花，必先尝到花刺的痛苦"。一个青年人，不吃苦，会有收获吗？你不要梦想家里住住，就会住出一个场面来的。古今中外，那一个英雄好汉、名人学士、科学家、著作家，不是经过长时的奋斗、磨练，才成名的？！

历史的轮子，时时刻刻的在向前进。你要是不自己努力，你就会被掉在历史轮子的后面，变成时代的落伍者。在这个时代做人，如逆水行舟，不进则退。你不学习，你不努力，时代不会停留着在等待你。历史只会向前进，决不会向后退。许多顽固的民族败类，硬想将历史的轮子拉着向后转，真是在做梦。这种人，不久将会变成前进人类阵营中的垃圾，被洗刷出去，在新中国新社会的园地里，是不会有他们立足的余地。煦弟！望你清醒转来吧！有机会更希望你能到人海里来见见真面目。但这机会，是须要自己的找寻、创造，决不会有机会等待着你。你想，要是那年不下决心，我们也决不会离开家，出来创造我们的前途。同样，你更得以勋弟做你的模范，年纪很轻就知道自己奋斗、挣扎。那时，还没有你这样大，就能由杭州到苏州，由苏州到福建，到湖北、陕西、安徽，到江苏，多少地方，踏着他的脚迹。虽不曾成家立业，光祖耀庭，但人生的经验、社会的真相，使他获得了丰富的认识。他赚足了做人的本领，他走遍天涯，不愁无处安身。难道他有什么人携带他吗？家里曾对他下过资本吗？还不是大家一样，教育受到小学，家里除熙兄读到高中、勋弟初中一年半外，其余几个姐妹兄弟，都是受六年的普通教育，我还比你们少一年半。做人是要靠自己的，像熙兄比我们多读这许多年书，到现在也不见得比我们出色在那里。

　　絮絮多话，望勿当耳边风是幸，就此祝

　　你努力创造自己的前途！

梅　草于扬子江畔

3，18，1942

　　母大人即此叩安！家里的人都好！

　　晓贞妹近况请告，并要她给我信。又及。

　　这是孙晓梅于 1942 年 3 月 18 日，写给小弟孙承煦的家书。

　　孙家世居龙门，据称是孙权的后裔。孙晓梅的祖父是当地知名士绅，外祖父举人出身，父亲供职于浙江省陆军测绘局，母亲曾在成都女子师范学校接受过教育。家中除同胞五姐弟，还有叔父寄养在家的两子，即信中提到的熙兄、休弟。孙家虽然封建气息浓厚，但孙晓梅姐弟，参加革命的颇多，在孙晓梅之外，还有承熙、承勋、承焘、承休等。此时，只有小弟孙承煦尚在家中。孙晓梅这封家书，便是围绕孙承煦的人生规划展开，希望弟弟思考"将来怎么样"，不应当满足于"依赖家里的产业来糊生"。孙晓梅参加革命之后，亲眼目睹"多少青年，为了自己的前途、自己的理想在奋斗，在挣扎"，而小弟则"仍在梦死醉生，不肯和当前的环境奋斗"。作为姐姐，孙晓梅希望小弟"清醒转来"，"到人海里来见见真面目"，"以勋弟做你的模范，年纪很轻就知道自己奋斗、挣扎"，她说一个青年人，"不吃苦，会有收获吗？"如若不然，将有变为"民族败类"的危险。不能仅以"光祖耀庭"为人生目标，更不应自怨自艾，谈论什么未被下"资本"。孙晓梅之外，承熙同样牺牲在抗日战场，承勋后以杂文家名世，承休成长为我军高级指挥官。

孙晓梅这封家书，饱含了一个姐姐对弟弟的深切期望，在今天读来，仍有教育和启发意义，能引人深思，催人奋进。

1949 年 11 月，中国人民解放军第 3 野战军追认孙晓梅为革命烈士。1984 年 6 月，当年曾与孙晓梅共事的著名经济学家薛暮桥赋诗一首，表达对烈士的怀念：

二十年华运帷帷，文精武壮女中魁。

昔日洒下一腔血，今朝腾起千枝梅。

35 "一身傲骨，两袖清风"

（李白致父亲，1943 年 11 月 19 日）

新中国成立后，为了纪念在上海长期从事地下工作的共产党员李白，以他为原型，八一电影制片厂拍摄了电影《永不消逝的电波》。电影中的李侠对党忠心耿耿、为革命英勇献身的事迹，真实地再现了李白烈士的一生。

李 白

李白（1910—1949），原名李华初，曾用名李朴，化名李霞、李静安。出生于湖南浏阳，因母亲早亡，他辍学在地主家做长工。1927 年加入中国共产党。1930 年 8 月参加中国工农红军，成为红四军通信连的一名战士，后任通信连指导员。1934 年 6 月，李白调到中央苏区无线电训练班学习无线电技术，中央红军开始长征后，任红五军团任电台台长兼政治委员。

1937 年全民族抗战爆发后，李白受党组织派遣赴上海，负责上海党的地下组织与党中央的秘密电台联络工作，用无线电波架起了上海和延安之间的"空中桥梁"。1939 年，工作环境更加险恶，党组织安排女工出身的共产党员裘慧英与李白假扮夫妻掩护电台，开展工作。两人在革命斗争中产生爱情，后经地下党组织批准结为夫妻，组成秘密斗争之家。曾两次被逮捕，始终坚贞不屈，后被党组织营救获释。后来，党组织将李白夫妇调往浙江，安排他打入国民党国际问题研究所做报务员，为党秘密传送大量战略情报。

抗战胜利后，李白回到上海，继续从事党的秘密电台工作。1948年12月30日凌晨，李白在与党中央进行电讯联络的过程中，因国民党特务机关测出电台位置而被捕。面对酷刑逼供，他始终坚贞不屈，敌人没能从他口中得到一点想要的信息。最后，蒋介石亲自下令："坚不吐实，处以极刑。"1949年5月7日，李白被国民党特务秘密杀害于上海浦东戚家庙，时年39岁。

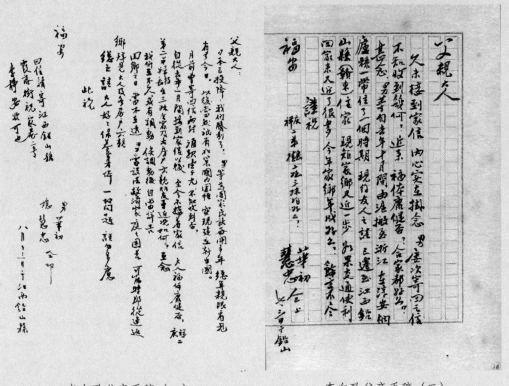

李白致父亲手稿（一）　　　　李白致父亲手稿（二）

父亲大人：

九月廿一日寄来之信于阳〈历〉十月十八日收到。前次寄来的一封，内有实兄及庆弟一纸亦早收到。但三妹及祥弟之信未曾接着。自接到上次信之时，当即回了一封比较长的信给大人，不知此信有否收到？

此次来信，据说父亲已生疾病，至发信时尚未痊愈，使我异常忧虑。推原其故，多半是因思子之心情切，而使大人不安于心，虑及所至。真是男之罪也！

关于我为什么不早日回家来拜望大人，其困难和苦衷在上次回信中我曾详细告知过。并不是"大人有爱子之心，儿反无孝亲之意"，这是千万要请大人原谅的。

上次接到大人的来信时，奉读之后，真使我感到万分惭愧和悲痛。的确我自从拜别大人，离开美丽的故乡之后，一直到现在我仍无半点存储，仅能维持我二人的生活而已！不过使我自慰的，大人现尚康健，膝下尚有二弟及弟妇、桂生等围绕大人的身旁，早晚照料着大人的起居饮食，不至使大人孤寂。时常可以接着家信，家庭情形，我虽未亲睹，大概情形我都能知道一些。对于我自身呢？我生平是秉大人志向，"不贪无义之财，不取无来路之物"，生性是"一身傲骨，两袖清风"，平〔凭〕着我自己的心，拿着应得的薪，维持我二人的生活。我在外面多年，虽未有半点成就，但所交之朋友对我都是很亲近的。我从未有何大的困难之事。这也是使我非常欣慰的。

但凡一切事情，总宜自慰，千万不可因我们未能早日回家，大人因此担心记挂，损及身体健康。只要有可能回家的安全路线及回家后可有一安定的生活时，我们是无论如何都会回家的。仅是焦急和忧虑都只有弄得彼此不安，悬心记挂，甚至生病，有事无法做，有机会不能归。那时悔之不及。总望大人好好保养身体，宽心自慰。我们听到合家平安，即在外亦安心做事。一俟可能回家时，即抽身回家。情知孤身在外，不是我们归宿之所，我们又为什么要留恋于异乡呢？我们回家之心，是比大人望我们回来之心还要焦急的。我们不过是等一平安路线和便当行程而已。同时亦是筹划回家后，怎样生活的办法等。

本月十三日男有一友自沪返乡，大致阳历年底可到湖南，当嘱托请他代汇一点钱回家，想此友定会有信给大人的。倘他有回信地址时，大人尽可将家庭困难情形告知，他定会设法帮助的。

我们店中，现扩充为百货股份有限公司，重新装修，资本亦相当雄厚，店中一切多由我主持，将来生意发达，年终红利或有可观。这是我向大人告慰的。此祝

福安

男华初

（慧忠现回家数日，大致等几天就可回来。她仍在店中做事。）

并问庆、祥二弟、桂生及合家安否？代问实兄、三妹合家及各房户六亲都好么？

古十月二十二日

于沪店中

这是 1943 年 11 月 19 日，李白写给父亲的家书。写这封家

书时，李白暂时以上海良友糖果店店员的身份，等待党组织下达新任务。在这期间，父亲身患重病，两次写信催促其回家探望。

在家书中，李白怀着非常忧虑和愧疚的心情表达了对父亲病情的忧虑和记挂："上次接到大人的来信时，奉读之后，真使我感到万分惭愧和悲痛。"他向父亲解释未能及时回家探望的原因，宽慰父亲："只要有可能回家的安全路线及回家后可有一安定的生活时，我们是无论如何都会回家的。"李白很担心父亲的身体健康，一直嘱咐父亲要"宽心自慰"，他说只要找到安全路线就立刻回家，并嘱托友人代汇一点钱回家。

这封家书既真实展现了李白对父亲患病却不能及时探望的愧疚，又生动表现出党的地下工作者工作的危险与艰苦，更真切展现出李白对党无限的忠诚与热爱，对革命事业无条件付出的高尚情操。上海解放后，中共上海市委、市政府、市总工会举行隆重的追悼大会，纪念李白等烈士。上海市委在敬献的挽联上写道："你们为了人民解放事业而战斗到最后一滴血，你们的英名永垂不朽！"

2009 年 9 月，李白被中共中央宣传部、中共中央组织部等部门评为"100 位为新中国成立作出突出贡献的英雄模范人物"。

36 "国家未来的伟大前途都寄托在你们青年一辈的身上"

（邓发致堂弟，1946年1月21日）

在广东省云浮市云城街城西簪石塘村，有一栋始建于清代的民居。每年清明和"七一"前后，人们纷纷来到这里凭吊，纪念曾在这里居住了14年的革命烈士邓发。在邓发故居附近，还建有邓发小学和邓发纪念中学。

邓发（1906—1946），原名邓元钊，字建钊，出生在广东省云浮县（今云浮市）一个农民家庭，我国著名的工人运动领袖之一。1921年，邓发先后在香港太古船坞和英国驻港兵舰上当工人，并参加了香港海员工会。邓发结识了海员工人领袖苏兆征，开始接受革命思想，投身工人运动。1922年，邓发参加香港海员大罢工。1925年参加省港大罢工，任工人纠察队队长。同年10月加入中国

邓 发

共产党。1927年12月参加广州起义。1934年10月参加长征，曾任中共中央政治局候补委员、中央军委第3野战纵队副司令员兼副政委。1937年全民族抗战爆发后，任中共中央驻新疆代表和八路军驻新疆办事处主任、中央政治局委员。1939年先后任中央党校校长、中央职工运动委员会书记、中央民众运动工作委员会

书记等职。1946年4月8日，与王若飞、叶挺等从重庆飞往延安，因飞机失事，在山西兴县黑茶山不幸遇难，时年40岁。

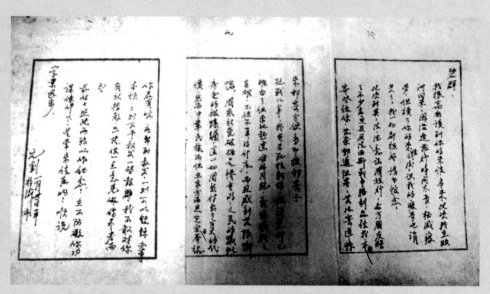

邓发致堂弟（部分） 1946年1月21日

碧群：

（略）

抗战八年，我虽未死于战场，但头发却已斑白了，但我比起遭难的同胞，战场牺牲之英雄，不但不算得什么，而且感到无限惭愧！国家所受破坏是惨重的，人民的牺牲，房屋的被蹂躏，这一切固然付出了巨大的代价，然而中华民族不但在东方而且全世界站立起来了。倘若国内和平建设十年八年，中国就会成为世界头等强国，人民生活文化将大大的提高。国家未来的伟大前途都寄托在你们青年一辈的身上。现在你在高中肄业当然很好，如果可能的话，我希望你能进大学。同时希望你功课之外，应多阅些课外书籍和文学著作，以增加一些课外知识。

宏贤叔父在努力办学，这是个好消息，你若有暇，应帮助叔父，一则可以锻炼办事本领，二则可予叔父一些鼓励。我不敢对你有所指教，只提供一点意见作你参考而已。

兹附上照片两张以作纪念！在不防〔妨〕碍你功课条件下，望常来信为盼！

顺祝

学习进步

元钊

一月廿一日草于渝市

这是邓发 1946 年 1 月 21 日，写给堂弟邓碧群的家书。

当时，邓发的堂弟邓碧群尚在香港读书，兄弟俩并未见过面，一直通过书信交流思想。从这封信中可以看出，邓发对堂弟的学习非常关心和支持；而且邓发还对堂弟的进步追求给予了及时的鼓励，像一个引路人，"真挚地期待"堂弟走上革命之路。

邓发在写给堂弟的家书中指出，为取得抗日战争胜利和建立新中国，国家付出了巨大牺牲，百废待兴。但是，邓发对国家的未来充满希望，他相信只要有足够的和平建设时间，中国一定能成为"世界头等强国"。邓发勉励堂弟碧群能够志存高远，广泛涉猎课外知识，从而更好地承担起国家发展、民族振兴的重任。邓发还希望堂弟碧群能够帮助叔父邓宏贤办学，这样既能提升个人能力，又切实给予叔父鼓励与支持。

在家书中，邓发抒发了对死难同胞的哀痛，寄予了对国家发展的期盼，展现出一名共产主义战士，矢志民族独立解放事业，勉励青年一代虚心学习、投身国家发展的高尚情操。

著名无产阶级文化战士、文学翻译家和诗人萧三在回忆与邓发的交往中指出，邓发对党的事业忠心耿耿，对敌斗争坚决、机智、勇敢，对同志诚恳、热情，办事干练、精明，对工作认真负责、一丝不苟。萧三勉励我们在革命胜利后也不能忘记那些为革命事业牺牲的人们，要继承他们的遗志，继续为共产主义事业奋斗，建设物质和精神文明，使我们可爱的祖国真正富强起来！

37 "光明就在目前，太阳 将要从东方出来了！"

（肖东致兄姐，1946 年 10 月 2 日）

    在浙江余姚，曾有一个以革命烈士姓名命名的小镇——肖东镇，直到现在，"肖东"还经常被很多老余姚人提起。他们提到的不仅是已并入兰江街道的"肖东镇"，也是那朵四明山上永不凋零的红花——革命烈士肖东。

    肖东（1920—1948），女，原名董鹤棣，化名鸣九、菊芬等。出生于浙江鄞县（今宁波市鄞州区）的一个农民家庭，在兄弟姐妹中排行第三。小时候，肖东接受过新式教育，学习勤奋、成绩优良，只是不幸因家境艰难而被迫辍学，在家务农劳动。"七七"事变后，在爱国情感的感召下，肖东投身抗日救亡运动。由于师友家人的帮助，肖东进入高小继续接受教育，她立志

肖　东

提升自己的文化水平，在时代大潮中发挥更大的作用。在学校里，她受到地下党员、校长虞天刚的教育和启发，积极参加读书会、时事座谈等抗日宣传活动，并进入教师训练班接受培训。在不懈的勤奋和努力下，她顺利成为了一名小学教师，她以教书为掩护进行革命活动，向当地民众特别是妇女、农民和渔民宣传党的抗

战理念，进行爱国主义教育。1940 年，肖东加入中国共产党。后奉派打入第三战区顾祝同某部，了解情况，获取情报。

接下来的时间里，肖东一面教书，一面在党的领导下进行工作，宣传团结抗日思想，组织保护雇工利益的罢工斗争，揭露蒋介石的反共阴谋，为党组织培养人才，从伪乡公所人员处获取情报，冒着生命危险为地下党侦查敌伪动向。1942 年冬，组织了解到国民党要逮捕肖东，改派她前往上虞、萧山等地的联络站工作，在敌人的心脏建立起地下交通线，粉碎了敌人的"围剿"，保护了党组织和同志们的安全。抗战胜利后，浙东纵队北撤，肖东奉派留守，为党保存力量，先后任虞东区特派员与中共姚虞县县委书记，在敌人扫荡的白色恐怖下，为恢复和壮大当地党组织、开辟新区而勤奋工作。

1948 年 6 月，因叛徒告密，肖东不幸在余姚被捕。尽管遭到了严刑逼供，但肖东没有向敌人吐露党的任何秘密，还尽力保护同时被捕的同志和群众。同年 9 月，距离余姚解放还有不到一年的时间，肖东牺牲于国民党反动派的枪下，年仅 28 岁。

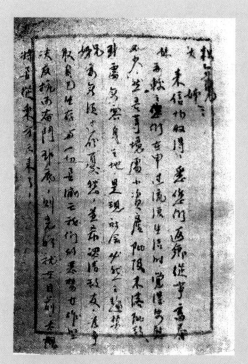

肖东致兄姐（部分） 1946年10月2日

松年兄、大姊：

　　来信均收得，悉您们返乡从事畜养。妹亦较之您们在申过流浪生活时觉得安慰不少，然吾等境处小资产阶级末落阶级，到处无容身之地，是现社会必然之趋势。兄姊亦无须过分忧愁，并希望认清敌友，为争取自己的生存与一切要灭亡我们的恶势力作坚决反抗而奋斗到底，则光明就在目前，太阳将要从东方出来了！

　　母亲家之猪娘死了，不知小猪可有养大，这确是损失不浅，但请代慰。双亲不要以经济上之损失而烦恼，以致影响身体之健康，千万要珍重身体为盼。

最近，双亲可健否？您俩身体可好？槐弟有否去申？安棣有否吵闹？甚念，一切望告。妹在外一切如常，身体自当保重，勿劳远念。并希转告堂上为盼，此致
祝康健

妹芬

十月二日

这是肖东1946年10月2日写给兄姐的家书。家书历经岁月，文字已模糊难辨了。

在艰难的革命战争年代，"肖东"这个简洁、没有什么性别色彩的名字，是青年革命董鹤棣最常使用的化名，其他化名还有鸣九、菊芬、小董、筱东、杏花等。

肖东参加革命后，引发反动当局仇视，她的亲人被污为"匪属"，政治上遭肆意迫害，经济上被百般勒索。董家先后被敲诈去稻谷3000余斤。董父董开颜，早年是钱庄职员，失业后返乡务农。家中三女二子，生活日渐困难。家书中所说"吾等境处小资产阶级末落阶级，到处无容身之地，是现社会必然之趋势"，正是这一状况的真实写照。此时，肖东兄姐等刚刚自沪返乡，从事畜养工作。肖东勉励兄姐道："无须过分忧愁，并希望认清敌友，为争取自己的生存与一切要灭亡我们的恶势力作坚决反抗而奋斗到底，则光明就在目前，太阳将要从东方出来了！"安慰过兄姐后，肖东又请兄姐代为安抚父母亲："不要以经济上之损失而烦恼，以致影响身体之健康，千万要珍重身体。"对亲人的关

爱，对革命事业的信心跃然纸上。

家书最后，槐弟、安棣等亲人，一一浮现在肖东眼前。其中，槐弟本名董槐安，又名董怀安，1930年生，自小接受革命教育，1951年5月参加中国人民解放军，1953年在与国民党反动派的作战中壮烈牺牲，被追认为革命烈士，与姐姐肖东一同长眠于浙江茅山。为纪念烈士，当地政府将肖东被捕的地方——凤亭乡改名为肖东乡（后称肖东镇），还兴建起肖东烈士陵园，并以纪念碑、纪念亭、革命烈士史迹陈列室为载体，号召后人向英烈致敬，传承无私无畏的崇高气节和伟大的爱国主义精神。人民不会忘记为民族独立、人民幸福而牺牲的浙东女儿、永不凋谢的红花——肖东。

肖东烈士纪念碑

38 "我自己清楚苦的来源"，"不会失望和悲观"

（许晓轩致妻子，1947 年 4 月 15 日）

　　长篇革命历史小说《红岩》描述了新中国成立前夕共产党志士在国民党统治下的重庆和严酷的监狱中坚定理想信念、坚持革命事业、迎接新中国诞生的动人故事，感动了万千读者。主人公许云峰是个勇敢机智、无畏顽强、最终从容就义的无产阶级革命者，他的原型之一就是许晓轩烈士。

许晓轩

　　许晓轩（1916—1949），学名永安，江苏江都（今扬州市江都区）人，出生于一个账房先生家庭。年少时，因父亲早逝，家境贫寒，许晓轩曾做过钱庄的学徒和会计，"九一八"事变后，他在家乡的电报局和无锡的机械工厂工作。内忧外患的岁月里，许晓轩一边工作一边跟随进步师友学习外语、阅读进步刊物、宣传抗日救国的思想。"八一三"事变爆发，日军进攻上海，许晓轩动员、鼓励自己所在的机械工厂承接军需用品的生产，支援前线，并跟随工厂设备向武汉、重庆等后方转移，保证生产。1938 年 5 月，许晓轩积极参加青年职业互助会等共产党领导的抗日团体，将自身的爱国热情与共产主义信仰结合起来，并光荣地加入了中国共产党。

　　1939 年春，许晓轩任中共川东特委青委宣传部部长，兼《青年生活》杂志撰稿人、编委和发行人，致力于宣传党的抗日统一战线，提高青年的思想觉悟。1940 年调任重庆新市区区委书记，4 月因叛徒出卖不幸被捕，后辗转关押于贵州息烽集中营、重庆白公馆监狱。在狱中，许晓轩坚持与敌人斗争，给设法营救他的亲人们捎去"宁关不屈"四个字。他还在狱中参与组建秘密党支部，是党支部负责人之一，领导难友们展开斗争，反对酷刑连坐，争取改善生活。许晓轩与李子伯等人筹划集体越狱，后李子伯被移关别处。许晓轩赋诗作别：

　　　　相逢狱里倍相亲，共话雄图叹未成。

　　　　临别无言唯翘首，联军已薄沈阳城。

沉静中洋溢着革命乐观主义精神。

　　1949 年 11 月 27 日，丧心病狂的国民党反动派见大势已去，在仓皇逃窜前夕杀害了重庆白公馆中大批被捕的革命志士，许晓轩也在其中，时年 33 岁。

华：

　　七年了！從二十九年清明節，我们抱着馨兒在徽展後面小山坐着，看到德華失了路，哭着由警察伴了回家，——從那時到現在，七年怕都過了一两个月了吧。七年是很長的一段時間，那么你受苦的時間也很長了。我實在對你不起，讓你苦痛了這樣久，繼而就是現在，我還是沒有辦法來安慰你，除掉說我還活着之外，還有什麼可說的呢。還有就是我心裏很不安。如此而已。不是想不出話說，而是無法說出實在可靠，可以先現的話來安慰你呀。

　　七年，我當然也很不好易容度過，可是我的苦只是外形的，偶然的，有時傷一两天腦經，也就完了。並且我自己清楚苦的來源，因此我想得開，也不會失望和悲觀。在你情形完全同我可以想得出，你是長時間沉在苦惱裏的。就像我只有暫時的苦惱一樣，你這幾年當中，怕也只有過暫時愉快，或者只有暫時離開苦痛吧。

　　幾年來，我閒着無聊時，常々拿回想過去旧事作消遣。在回想裏，當然是替我们過去的生活，每次想到我们在會府住着的一段生活，我又記起自己的過錯了。（實在應該說是"混清"的，因為那時候我並沒有想到有什么不對的。）那時你讓我幫助你讀書，而我總是馬々虎々的拖着，結果是打斷了你的興頭，你也就鬆了下來了。其餘想的還很多，此地沒法請細的。

　　有時我也想到將來，有時更乱想一頓，像做夢一樣，想到如果我永遠不能回家，家裏是怎樣的情形。我想到馨兒長大了，她長得很結實，比你我都强。她讀戰讀過書，像我做過

许晓轩致妻子　1947年4月15日（一）

事，并且相当能干，一切不落人後。我更想到，你在什么地方做一点小事，並且还有一位比我好的人在帮助你，你度過着很好的生活。想着，这樣想着我心裏舒暢得多，好像肩膀上的一块重石頭放下了，也好像掉了人家一樣重要東西又找回来了一樣。请你不要怪我胡思乱想，我这樣想实一点没有坏心，不過这樣想着頑罢了。前面我已說過，这就像做夢一樣，夢醒之後，一切又都是原樣子。至於說我為什么要告诉你这些夢話，那不過是顺便提起，讓你曉得我曾經做過这些夢而已。並且我早遲總說不定要回来吧，回来之後把这当着笑話談谈是好嗎。

最後我還要请你少記掛我，多关心孩子，把希望多放在孩子身上，地在面前，是可靠的。少把希望放在我身上吧，因為我是身不由己的人。说起来似乎見不到好事，但请你练習着忍来，日久了，會慢慢習惯起来的。

還要申明一句，如果有機會，我决定要回来的。雖然我这一輩子大概免不了在外边奔波，但回一趟家是一定要的，並且如果你願意為烂芳苦，而是機會又許可話，那我们同到处去走走也不錯啊，说着说着，又扯远了远到将来，世界上没有神仙，誰料得定呢。那么还是上面的话：多多关心孩子，少記掛我吧！

喜 四月十五。

（1947） 36.

许晓轩致妻子 1947年4月15日（二）

华：

七年了！从二十九年清明节，我们抱着馨儿在屋后面小山坐着，看到德华走失了路，哭着由警察伴了回家——从那时到现在，七年怕都过了一两个月了吧。七年是很长的一段时间，那么你受苦的时间也很长了。我实在对你不起，让你苦痛了这样久，而就是现在，我还是没有办法来安慰你，除掉说我还活着之外，还有什么可说的呢。还有就是我心里很不安。如此而已。不是想不出话说，而是无法说出实在可靠、可以兑现的话来安慰你啊。

七年，我当然也很不〈好〉易容度过，可是我的苦只是外形的，偶然的，有时伤一两天脑经〔筋〕，也就完了。并且我自己清楚苦的来源，因此我想得开，也不会失望和悲观。在你情形完全不同，我可以想得出，你是长时间沉在苦恼里的。就像我只有暂时的苦恼一样，你这几年当中，怕也只有过暂时愉快，或者只有过暂时的离开苦痛吧！

几年来，我闲着无聊时，常常拿回想过去旧事作消遣。在回想里，当然也有我们过去的生活，每次想到我们在会府住着的一段生活，我就记起自己的过错了。（实在应该说是"认清了"的，因为那时候我并没有想到有什么不对的。）那时你让我帮助你读书，而我总是马马虎虎的拖着，结果是打断了你的兴头，你也就松了下来。其余想的还很多，此地没法细讲的。

有时我也想到将来，有时更乱想一顿，像做梦一样。想到如果我永远不能回家，家里是怎样的情形。我想到馨儿长大了，她长得很结实，比你我都强。她读我读过的书，做我做过的事，并且相当能干，一切不落人后。我更想到，你在什么地方做一点小事，并且还有一位比我好的人在帮助你，你过着很好的生活。想着，这样想着，我心里舒畅得多，好像肩膀上的一块重石头放下了，也好像丢掉了人家一样重要东西又找回来了一样。请你不要怪我胡思乱想，我这样想确实一点没有坏心，不过这样想着玩罢了。前面我已说过，这就像做梦一样，梦醒之后，一切又都是原样了。至于说我为什么要告诉你这些梦话，那不过是顺便提起，让你晓得我曾经做过这些梦而已。并且我早迟总说不定要回来吧，回来之后把这当着笑话谈也是好的。

最后我还要请你少记挂我，多关心孩子，把希望多放在孩子身上，她在面前，是可靠的。少把希望放在我身上吧，因为我是身不由己的人。说起来似乎是办不到的事，但请你练习起来，日子久了，会慢慢习惯起来的。

还要申明一句，如果有机会，我决定要回来的。虽然我这一辈子大概免不了在外边奔波，但回一趟家是一定无疑的，并且如果你愿意又不怕劳苦，而且机会又许可的话，那我们一同到外边走走也不错啊。说着说着，又扯远了，远了的事，世界上没有神仙，谁料得定呢。那么还是上面的话：多关心孩子，少记挂我吧！

安　四月十五

这是许晓轩 1947 年 4 月 15 日在重庆白公馆监狱，写给妻子姜绮华的家书。他被捕时，女儿德馨才 8 个月，夫妻二人相伴的时光仅有短短的五年。

许晓轩带着深深的思念写下这封家书，他怀念着一家三口团聚的旧事，心痛妻子失去丈夫的无助和艰难，遗憾没有珍惜与妻子在一起的时光，尽显脉脉温情。他用"早迟总说不定要回来"，"如果有机会，我决定要回来的"安慰妻子，也安慰自己，"回来之后把这当着笑话谈也是好的"，"我们一同到外边走走也不错啊"。坚贞不屈的革命烈士也是一个丈夫、一个父亲、一个儿子，一样苦恼于分离的辛酸，渴望着与亲人重聚。他在家书中写道："我自己清楚苦的来源，因此我想得开，也不会失望和悲观。"可见，多年的牢狱生活未能消磨一名革命者的意志，这份通透与坚韧无异于逆境中的铠甲，守卫着信仰之魂。这就是"境风吹识浪，自有定盘心"。

许晓轩在阴森严酷的监狱中想像着妻女的未来，如果自己不幸牺牲，希望女儿德馨"长得很结实，比你我都强。她读我读过的书，做我做过的事，并且相当能干，一切不落人后"。期待女儿继承发扬自己的革命理想，在长大成人之后为国家、为社会多做贡献，成为有用之人。希望妻子"在什么地方做一点小事，并且还有一位比我好的人在帮助你，你过着很好的生活"。期待妻子不要为自己的死而悲伤，也能沿着自己走过的道路，在亲友的帮助下过上平静顺利的生活。通篇没有正义凛然的辞藻，字里行间尽显这个铁血男儿的一腔柔情和革命志士的乐观精神。或者说，革命者对妻儿的爱融于革命信仰之中，小爱与大爱紧密相连。如今，社会稳定，万千家庭过着幸福的生活，这是对九泉之下的许晓轩烈士最好的告慰。

许晓轩狱中的这封家书，由一位同狱难友带出。他牺牲后，妻子姜绮华牢记丈夫的嘱托，自食其力将女儿许德馨抚养长大。许德馨大学毕业后从事一线农业科研和妇女儿童福利工作，同父亲一样，将自己的一生献给了祖国和人民。

39 "遵照着母亲在孩儿幼时所给要忠于国家、忠于民族的教育"

（刘登辉致母亲，1947 年 6 月 12 日）

1947 年 6 月 30 日，刘邓大军十二万余人突破黄河天险，挺进鲁西南，揭开了人民解放军战略进攻的序幕。8 月末，大军胜利到达大别山区。之后，陈（毅）粟（裕）大军挺进苏鲁豫皖地区，陈（赓）谢（富治）大军挺进豫西，三军构成"品"字形，协同作战，共同创建了新的中原解放区。刘邓大军进入大别山后，为了开展地方工作，从机关抽调了一批干部组成武装工作队，分散在敌占区活动，刘登辉就是其中一员。

刘登辉（1923—1948），原名刘添贵，又名刘腾辉，山西中阳人。出生在一个农民家庭，从小随父亲在太原读书。母亲是一个普通家庭妇女，善良贤惠，靠纺纱织布把五个孩子养大。

1937 年 7 月全民族抗战爆发后，刘登辉随母亲回到中阳。1938 年初，日军侵占中阳县城。这一年，刘登辉15 岁。中阳全县轰轰烈烈的抗日救亡运动，在刘登辉年少的心中播下了

刘登辉

革命的火种。他没有和家人告别，悄悄离别了家乡，与杨一年等四个年轻人一起奔赴革命圣地延安，进入抗日军政大学学习。

四人同在一个班并先后加入中国共产党。

1939 年 7 月，刘登辉从抗日军政大学毕业后，在八路军总部兵工部、晋冀鲁豫军区政治部保卫部工作。

1947 年 6 月，跟随刘邓大军跃进大别山，从机关调到武装工作队开展地方工作。1948 年 5 月，刘登辉所在的小分队在大别山地区的战斗中被国民党军队包围，经过一天的激烈战斗，寡不敌众，坚持到弹药殆尽后，小分队十多人全部壮烈牺牲。刘登辉时年 25 岁。

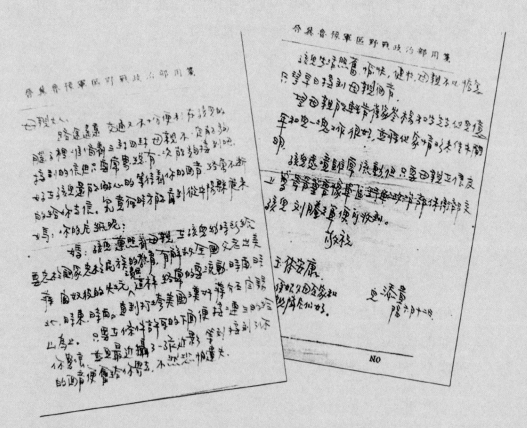

刘登辉致母亲　1947 年 6 月 12 日

母亲大人：

　　路途遥远，交通又不十分便利，在孩儿的脑子里准备着三封四封母亲不一定能够接到的信，但只要常写，总有一次能够接到吧！好在孩儿还能耐心的等待着你的回音，经常不断的给你去信。究竟何时方能看到从中阳县飞来妈妈你的片纸呢？

　　妈！孩儿遵照着母亲在孩儿幼时所给要忠于国家、忠于民族的教育，有解救全国父老出美、蒋、阎奴役的火坑之责任，这样经常的要流动，时南、时北、时东、时西，直到打垮美国汉奸蒋介石、阎锡山为止。只要在条件许可下面便接二连三的给你写信，并且最近摄了一张近影，等到接到了你的回音便会给你寄去，不然恐怕遗失。

　　孩儿生活照旧，愉快、健壮，母亲不必惦念，只望早日接到母亲回音。

　　望母亲能转告崔家岭杨和生先生，他儿亿年和儿一块工作很好，并将他家情形来信中阐明。

　　孩儿处境虽常流动，但只要母亲在信皮上写寄晋冀鲁豫军区野战政治部保卫部交孩儿刘腾辉便可收到。

　　敬祝
母亲玉体安康
　　问候姑父母全家和乡亲邻居们好。

儿　添贵

阳六月十二日

　　这是 1947 年 6 月 12 日，刘登辉写给母亲的家书，也是他牺牲前写给母亲的最后一封家书。

信中流露出他对母亲回信的期盼，"究竟何时方能看到从中阳县飞来妈妈你的片纸呢？"他坚定地表示："孩儿遵照着母亲在孩儿幼时所给要忠于国家、忠于民族的教育，有解救全国父老出美、蒋、阎奴役的火坑之责任，这样经常的要流动，时南、时北、时东、时西，直到打垮美国汉奸蒋介石、阎锡山为止。"

由于当时战事紧张，刘登辉随部队辗转，"时南、时北、时东、时西"，一直没有收到母亲的回信，母亲也很长时间没有他的音讯。直到十年后的 1957 年 5 月，刘母收到刘登辉战友杨一年写的一封信，才得知刘登辉早已在解放战争中牺牲。

刘登辉是一名普普通通的战士，并不被人们所熟悉。在新中国成立的前夕，他又一次和家人"不辞而别"，为民族的解放事业献出了自己年轻的生命，他没有来得及看到最后的胜利，就带着遗憾默默地走了。

40 "真正看见了新中国的光明前途"

（续范亭致毛主席和党中央，1947年9月）

1931年9月18日，盘踞在中国东北的日本关东军经过精心策划，悍然发动"九一八"事变，继而侵占东北三省。这是日本帝国主义企图以武力征服全中国的开端，是中国抗日战争的起点。而国民党政府奉行攘外必先安内的政策，军事上不抵抗，充分暴露了其反动本质。为了中华民族的独立和自由，先后有一批国民党有识之士认识到中国共产党才是坚定抗日的革命力量，因此不断向共产党靠拢。续范亭就是其中之一。

续范亭（1893—1947），山西原平人，高小毕业后，进入山西太原陆军学校，立志从军报国，并在革命先驱续西峰的影响下加入同盟会。辛亥革命时，他在山西参加攻占大同的战斗，后因遭到袁世凯和军阀阎锡山的仇视，辗转至陕西、察哈尔、绥远、河北及京津一带，从事反对北洋军阀的活动。1924—1935年间，他历任国民军某支队参谋长、第6混成旅旅长、国民军军政学校校长等职。

续范亭

"九一八"事变后，续范亭反对国民党政府继续内战、对日妥协的政策，多次找蒋介石要求停止反人民的内战、一致抗日，然而蒋介石拒不纳谏。续范亭眼看美好河山被日寇占据，东北三省 3000 万同胞过着水深火热的生活，他悲愤至极，自感辜负孙中山创办同盟会、建立民国的伟业和三民主义，1935 年底登上南京中山陵进行拜谒。

> 谒陵我心悲，哭陵我无泪。
> 瞻拜总理陵，寸寸肝肠碎。
> 战死无将军，可耻此为最。
> 腼颜事仇敌，瓦全安足贵。

表达了他对日本帝国主义侵略者、对日投降妥协者的愤恨。他向中山陵鞠躬致意后举刀剖腹自杀。他留下了绝命诗：

> 赤膊条条任去留，丈夫于世何所求？
> 窃恐民气摧残尽，愿将身躯易自由。

希望以浅显易懂、直白抒情的诗句和死亡刺激国民党有识之士醒悟过来，激励民众投入抗日救亡运动。后来，他为人所救，未能自杀成功，从而决心与国民党反动派决裂。

1936 年，续范亭来到西安，亲身经历了西安事变，看到了中国共产党人团结一致、不计前嫌、组织抗日民族统一战线的坚决行动和伟大精神，深受触动，决定追随共产党。1937 年全民族抗战爆发后，续范亭返回山西参加了共产党倡议成立的统一战线组织，并与八路军合作开展游击战争，参与创立晋西北抗日根据地，反击反动军阀对边区、根据地的进攻。曾任中国人民解放区人民代表会议筹委会副主任委员等职。1941 年，续范亭为休养身体来到延安，见证了这一革命圣地在培养抗日革命人才、指挥敌后军民游击抗日的繁荣景象。作为较早脱离国民党反动统治、同中国共产党真诚合作的国民党高级将领之一，续范亭以自己在国民党军政界的威望，以及与国民党上层人士的特殊关系，致力于劝说国民党政府内的有识之士早举义旗，并在报章上公开发表大量文章，驳斥军阀阎锡山的无耻污蔑，揭露反动政府的罪行，推动形成爱国统一战线。

1947 年，续范亭因病逝世于山西临县，时年 54 岁。

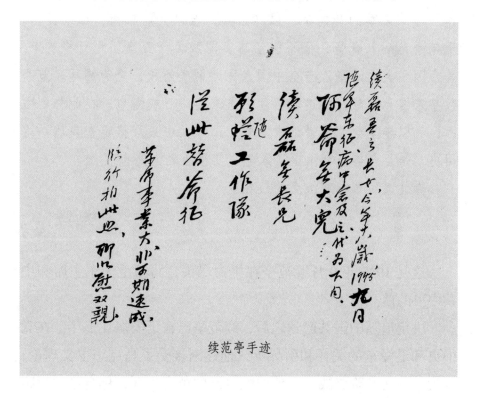

续范亭手迹

敬爱的毛主席和中共中央：

范亭自辛亥以来，即摸索为民族和人民解放的真理，奋勇前行，在几经波折之后，终于认清了只有中国共产党领导的革命道路，才是中华民族和中国人民彻底解放的道路。七七抗战之后，即欣然接受领导，参加晋西北抗日民主根据地的抗战建设工作，想从此更好为人民服务，以偿平生夙愿。孰料范亭方奋力以赴之时，竟以身染重病，去延休养。在延数年，蒙党百般爱护，尤觉欣幸者，得以时常聆听毛主席和中共中央的教导。范亭奋斗一生，始于今日目睹解放区广大人民的真正翻身，真正看见了新中国的光明前途，每自不禁感奋，热泪夺眶而出。屡欲请求入党，作一名革命军的马前卒，以终余年，但以久病床褥，迄未提出。现范亭已病入膏肓，恨不能亲睹卖国贼蒋介石集团之行将受审，美帝国主义之滚蛋，与全中国人民之彻底解放，是为憾耳。范亭数年来愧无贡献，然追求真理之志未尝一日或懈也。在此弥留之际，我以毕生至诚敬谨请求入党，请中共中央严格审查我的一生历史，是否合格，如承追认入党，实平生之大愿也。

专此谨致布尔塞维克的敬礼！

续范亭

这是 1947 年 9 月续范亭在生命尽头，写给毛泽东主席和中共中央的信。

决定追随中国共产党之后，续范亭已在延安居住多年。在党中央和毛泽东的关怀和引导下，他逐渐接受了马克思主义理论，成为一名无产阶级战士。他回顾自己的革命生涯，称自己"目睹解放区广大人民的真正翻身，真正看见了新中国的光明前途，每自不禁感奋，热泪夺眶而出"，"终于认清了只有中国共产党领导的革命道路，才是中华民族和中国人民彻底解放的道路"。如今因身体病痛，"恨不能亲睹卖国贼蒋介石集团之行将受审，美帝国主义之滚蛋，与全中国人民之彻底解放"，实在遗憾不已。在生命最后的数年中，续范亭"屡欲请求入党"，但因"久病床褥"，未能正式提出，他谦虚地认为自己"无贡献"，只有"追求真理之志未尝一日或懈也"。在病重之际，他请求中共中央严格审查他一生的历史，若能被追认入党，"实平生之大愿也"。这位孙中山先生的追随者，通过亲身经历认识到，中国共产党是坚决抗日救国、为劳苦大众谋幸福的政党，是孙中山的真正继承者。

续范亭为国民革命和抗日民族统一战线的形成做出过重大贡献，中共中央决定接受他的请求，追认其为中国共产党正式党员，并以这样一位伟大的爱国者为我党的光荣。毛泽东为他献上的挽联：

> 为民族解放，为阶级翻身，事业垂成，公胡遽死；
> 有云水襟怀，有松柏气节，典型顿失，人尽含悲。

充分肯定了续范亭追求真理、爱国爱民、侠肝义胆的精神品质。

41 "这不讲理的政府就要垮台了！"

（王孝和给父母的遗书，1948 年 9 月 27 日）

杨浦，曾是上海产业工人最集中的区域，也是一个有着光荣革命传统的地方。从波澜壮阔的大革命时期到轰轰烈烈的抗日救亡运动，再到摧枯拉朽般的解放战争，在这片土地上，无数革命先烈为了追求真理，为了更美好的明天，前赴后继，用鲜血和生命谱写了一曲曲英雄壮歌。王孝和烈士，就是其中一位。

王孝和（1924—1948），原名王康智，浙江鄞县人。1939年，考入上海励志英文专科学校。在校期间，参加爱国学生运动。1941 年，加入中国共产党。同年 12 月，太平洋战争爆发，王孝和为了照料家庭，辍学报考了海关、邮局和美商上海电力公司，结果同时被三家单位录取。他请示上级党组织，组织希望他去上海电力公司。因为懂英语，王孝和被安排在发电厂的控制室当了一名抄表员。

王孝和

1946 年 1 月，上海电力公司发生大罢工，王孝和积极组织工人参加罢工斗争。不久，被当选为上海电力公司工会常务理事，他团结工友，组织开展工人运动。

1948 年初，上海棉纺织工人在中共上海地下组织的领导下举行罢工，遭到反动当局的镇压，大批工人被逮捕，百余名工人伤亡。4月，由于叛徒的出卖，王孝和被国民党反动军警逮捕。同年9月30日英勇就义，时年24岁。

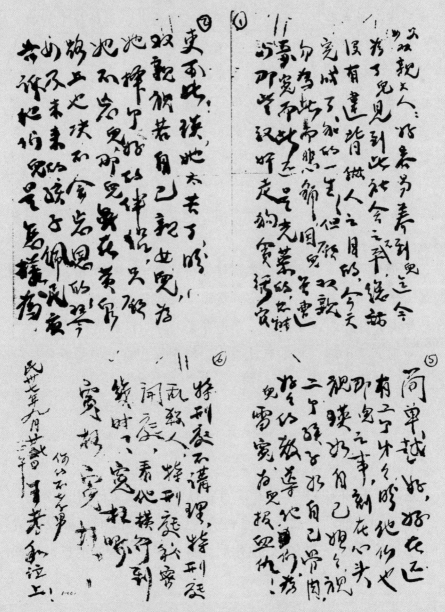

王孝和给父母的遗书（部分） 1948年9月27日

父母双亲大人：

好容易养到儿迄今，为了儿见到此社会之不平，总算没有违背做人之目的，今天完成了我的一生。但愿双亲勿为此而悲痛。因儿虽遭奇冤，而此还是光荣的，不能与那些汉奸走狗贪污官吏可比！瑛，她太苦了，盼双亲视若自己亲女儿，为她择个好的伴侣，只愿她不忘儿，那儿虽在黄泉路上也决不会忘恩的。琴女及未来的孩子佩民，应告诉他们儿是怎样、为什么而与世永别的！儿之亡对儿个人虽是件大事，但对此时此地的社会说来，那又有什么呢！千千万万有良心有正义人士还活在世上，他们会为儿算这笔血账的。

双亲啊！保重身体，挣〔睁〕开慧眼等着看吧！这不讲理的政府就要垮台了！到那时冤白得申，千万不要忘那杀人魔王，与他算账！

人亡之后，一切应越简单越好，好在还有二个弟弟，盼他们也那〔拿〕儿之事，刻在心头，视瑛如自己姐姐，视二个孩子如自己骨肉，好好的教导他们，为儿雪冤，为儿报血仇！

特刑庭不讲理，特刑庭乱杀人，特刑庭秘密开庭，看他横行到几时？冤枉啊！冤枉！冤枉！

你的不孝男王孝和泣上
民卅七年九月廿七日正午

这是王孝和1948年9月27日在狱中，写给父母的遗书。

王孝和被捕后，敌人威逼利诱，施以各种酷刑，都没能撬开王孝和的牙关，只好判处他死刑。听到宣判死刑的消息，王孝和脸上没有丝毫悲凉或恐惧，他淡淡地微笑道："我不承认你们的判决。"他的这抹笑容里，有对敌人的轻蔑，有对光明的期盼，也有为信仰而牺牲的坦然自若。面对死亡，他坚定地表示："从我被捕的第一天起，就做好了这个准备。""死无所惧，只要我活一天，就要同敌人斗争。我的武器是公开揭露敌人的残酷和对人民的仇视。"

在狱中，他满怀悲壮地写下三封遗书，分别给父母、妻子和狱友。他为无法侍奉年迈的父母而内疚，对不能陪伴妻儿而歉疚。但他心中更多的是无惧无悔，号召战友们"为正义而继续斗争下去！前途是光明的！"三日后，王孝和被国民党反动派残忍杀害。

"好容易养到儿迄今，为了儿见到此社会之不平，总算没有违背做人之目的，今天完成了我的一生。"这是他对自己一生的总结，更是他高度的社会责任感与使命感的真实写照。王孝和除了挂念双亲外，还牵挂着自己的妻子和儿女，这种割舍不下的生离死别更增添了他在诀别之时的悲壮色彩。"特刑庭不讲理，特刑庭乱杀人，特刑庭秘密开庭，看他横行到几时？冤枉啊！冤枉！冤枉！"声声呼告，凸显出他对国民党反动行径的无限愤恨。

王孝和牺牲时，距他的小女儿王佩民出生，只剩20余天。

王孝和同志和普通人一样，有血有肉，有牵挂的家人，但在大义与小爱之间，在国家与小家之间，他毅然决然选择了前者。当时《大公报》记者为之动容，拍下了一组王孝和同志就义前的照片。虽然知道自己将离开人世，王孝和却面不改色，挺起胸膛走向刑场。行刑前，他向在场的记者们痛斥国民党的暴行，揭露他们不敢公开行刑的丑陋嘴脸。他还面带微笑地大声宣告："天就要亮了，我王孝和一个人倒下去，会有千百万个人站起来。"一旁的警察与刽子手个个神色慌张，面露惶恐，与之形成鲜明对比。最终，年仅 24 岁的王孝和，没有等来最后的胜利，也没能等来挚爱妻子的送别，便倒在了反动派的枪下。但他就像黎明前的一道光，照亮了革命斗士们前行的路，也激励了更多勇士，用青春和热血去践行忠于革命、忠于人民的铮铮誓言！

1988 年，在王孝和就义 40 周年时，上海各界隆重集会纪念，时任中共中央政治局委员、上海市委书记的江泽民为王孝和题词："四十年前，王孝和同志怀着对共产主义的理想，为中国

王孝和就义前

人民的解放事业，英勇地献出了自己宝贵的生命。他不愧是优秀的共产党员，工人阶级的杰出代表。我们要学习他坚定的革命信念、无私无畏的革命精神、高度自觉的组织纪律性，为建设伟大的社会主义祖国而奋斗。王孝和永垂不朽！"

42 "以万忍的耐心候黎明"

（何柏梁致家人，1949 年 11 月 14 日）

在红岩革命历史博物馆，有一面英烈墙，这些烈士牺牲时的平均年龄只有 30 岁。何柏梁烈士就是其中之一。

何柏梁

何柏梁（1917—1949），又名何国彬，重庆人。出生于一个富裕的家庭，幼年时在上海读小学。小学毕业后，进入教会中学学习，后到圣约翰中学读书。中学毕业后，考入复旦大学经济系学习。毕业后，先后在重庆的公司、学校等处任职。

1937 年，抗日战争爆发后，何柏梁积极组织乡村抗日救亡宣传团，投身到革命洪流之中。这期间，在中共党组织的帮助教育下，坚定了献身于劳苦大众解放事业的信念。1938 年，加入中国共产党。此后，何柏梁奉党组织指示，以重庆安生公司经理的身份作掩护，把全部的精力都投入到革命事业中。后因党组织遭到敌人破坏，于 1949 年 1 月，何柏梁不幸被国民党特务逮捕，关押在重庆"中美特种技术合作所"集中营渣滓洞监狱。11 月牺牲，时年 32 岁。

何柏梁致家人　1949年11月14日

　　今天第一批提出十人，名单可问民兄。现又开〈始提〉第二批十人……及第三批……今天一共廿七人。我们估计是转移地方，因为案情较重的多，我们每人都在打算分别及准备提去了……

　　关于D今天来看病，问他可曾上街玩，他为朋友事未出去。至于给他找房子，倒是准备搬家，因为这里官方人员都在准备疏散家眷，不妨安定他们，并且劝慰他们。他的离开，当然对我们有损失，能留一天算一天了。他太太职业，可借此多联络，主要探听二处动向和政策。

关于我的出去，对公司说，只要保证生命无险，就不必活动，反引注意。如再有条件出去，那太无价值了，静心等候解放了。请你也安心，不要焦急吧。要以万忍的耐心候黎明。

（略）

十四·七号

这是 1949 年 11 月 14 日何柏梁在狱中写给家人的书信。当时信是被写成便条，分别通过两个看守和一个狱医带出狱外的。

何柏梁入狱以后，生活十分艰苦，受审时特务法官问他："你是一个公司的经理，有那么多的财产，可以享受很好的生活，为什么还要参加共产党搞革命呢？"他回答说："是的，我的财产很多，可以享受很好的生活，但我不愿意一人享福让成千成万的人受苦，那种享福是可耻的！共产党是为全人民谋幸福，让大家都同样享福，同样的平等，所以我参加了共产党干革命。"面对敌人劝降，何柏梁毫不动摇，坚贞不屈，表现得极为坚定勇敢。

在狱中，何柏梁利用自己的社会地位，巧妙地同敌人周旋，进行坚决的斗争，并且和其他狱友一起对看守进行策反工作，打通了狱内外党组织的联系，为关押的难友传递消息、书信、药品、食物等。当时狱中疾病流行，他通过看守买到药品和一些营养品，但自己丝毫不留，全部发给难友。并且通过一名特务值日官，使难友们每周能得到一份报纸，这份报纸不仅能供难友们学习，还能让他们从中了解到解放战争的进展。他经常鼓励难友要战胜困难，坚强地活下去，争取在全国解放后为新中国贡献更多力量。在江竹筠等人被押出杀害后，何柏梁不希望家人再通过各种办法营救自己："如再有条件出去，那太无价值了"，他更不愿为了出狱变节投降、跪地求饶、出卖灵魂，但也不轻言放弃，他鼓励家人"要以万忍的耐心候黎明"，"静心等候解放"，展现出坚强的意志和革命乐观主义精神。

43 "一切以人民利益出发"

（毛岸英致舅父，1949 年 12 月 18 日）

在朝鲜平安南道桧仓郡的"中国人民志愿军烈士陵园"内，一块一米高的花岗岩石矗立在墓前，正面刻着"毛岸英烈士之墓"；背面刻着："毛岸英同志原籍湖南省湘潭县韶山冲，是中国人民领袖毛泽东同志的长子。1950 年 11 月 25 日在抗美援朝战争中英勇牺牲。毛岸英同志的爱国主义和国际主义精神将永远教育和鼓舞着青年一代。毛岸英烈士永垂不朽！"

毛岸英

毛岸英（1922—1950），名远仁，湖南湘潭人。是毛泽东和杨开慧的长子。他出生后随父母到过上海、广州、武汉。1927 年大革命失败后，又随母亲及两个弟弟回长沙县避难。1930 年 10 月杨开慧被湖南军阀何键逮捕时，8 岁的毛岸英也被一同抓进监狱。他目睹了母亲与敌斗争和牺牲前的惨烈。杨开慧牺牲后，毛岸英辗转漂泊，后被护送到上海，进入大同幼稚园。他的父亲毛泽东曾感慨地说："为了革命事业，这些孩子从小就吃百家饭，行万里路！"

1936 年，毛岸英被组织安排到苏联学习。1940 年，加入苏联共产主义青年团。1941 年，进入列宁军政学校学习。在苏联学习期间，他一心想走出学堂，到战场上去打击法西斯。为此，他申请过很多次，但都没有得到批准，毛岸英一直不甘心。最后，毛岸英想到办法，就是给斯大林写信。信的末尾署上了他的俄文名字"谢辽沙"，同时又注明"毛泽东的儿子毛岸英"。不久后，毛岸英在苏军一支坦克部队中担任指导员。在炮火纷飞的战场上，他英勇顽强，指挥坦克连一路战斗，一直随大部队攻克柏林。

1946年，毛岸英回到延安，同年加入中国共产党。遵照父亲"补上劳动大学这一课"的要求，在解放区搞过土改，做过宣传工作，当过秘书。他从不以领袖的儿子自居，处处严格要求自己，努力和普通劳动群众打成一片。

新中国成立初期，毛岸英担任北京机器总厂党总支副书记。1950年10月，参加中国人民志愿军。同年11月25日，在美军空袭中牺牲，年仅28岁。

舅父：

数次来信均收到，勿念。外婆即日自板仓接来同住，快慰万状！望你们以衷心的爱与革命的德待之，缪家及其他忠厚穷苦乡民请代我向他们致谢并问候他们。友姨事，我觉得你们的胸襟应该放宽点，不去计较小事，万事总以"和为贵，忍为高"（只要不是阶级敌人）。她们有她们的苦处，正如你们也有你们的苦处一样。我根本不清楚她们的人品，但我总首先从团结出发。其实我对于你和舅母也不大了解，你们的人品性格到底如何，几乎一概不知，但知道你们不会是革命的敌人，我想友姨她们也绝对不至于是革命的敌人的。既如此，则我和你们和她们之间，你们和友姨她们之间就不应该有什么原则上的了不起的分歧，从而也就没有不和的重大根据，要有不和，那只是你们两方面胸襟狭小不能容人罢了；但只要有一方面胸襟宽阔能容人，事情就好办了。希望你们，尤其是希望你多注意团结（当然不是无原则的团结），少注意意气。世界上没有不犯错误的人，尤其是在旧社会，世界上更没有没有缺点的人，但错误和缺点都是可以慢慢改掉的。如果对方有缺点，犯了错误，我们决不能因此而仅仅表示不满甚而愤恨，拒人于千里之外，而是以明确的立场去分析对方犯错误的原因和环境，并用各种方法去帮助他逐渐改正这个错误或者去掉这个缺点。"于人为善"对于我们革命阵营说来，是一句极其中肯的名言。

再则，来信中说到你工作很忙，负的责任很大很多，甚至负有拟好明年全省增加生产计划，"复兴全省茶园，改良制茶方法的责任"，这决不是一件小事情，因为它有关千百人〔万〕人民的福利。关于工作，我有以下几点意见，供给你参考（作为一个同志对同志的建意〔议〕）：

一、不要孤立的办事，要一方面经常收集下边干部和群众的意见，一方面多向上边请示商酌。譬如要拟定一个全省农业生产计划，决不可一个人去拟，光一个人一定拟不好的。领导者的艺术就在于善于汇集大家的意见，加上自己的意见，将其判断综合。

二、不要窝急窝火（而无当），宁少勿滥。计划要适合实际情况（包括人力物力和各个不同的实施地区，但还要估计到全国），不急求漂亮完满而多求实际。

三、自己干出来的工作要经得起批评，甚至可能根本被推翻，得重新做起，不要觉得这很难堪、面子上过不去等。不要拒批评，相反要欢迎尖锐的批评，不仅欢迎上级和同级的批评，而且尤其要发扬和欢迎下级的批评、群众的批评，尚且要作老老实实不是说空话的自我批评。

四、不要摆老资格，更不要以为自己的知识已经很丰富，比别人强。相反，要时刻在业物〔务〕上学习，学习怎样将过去的旧的一套加以分析，取其好的，摒其坏的。

五、在工作中和日常生活中要善于团结人，团结大家，一个不会团结大家的领导者非跌交〔跤〕不行。当然，团结它总是原则性的团结，而不是什么做好好先生。

六、努力学习马列主义毛泽东思想，没有应有的政治水平是不能做领导者的，对新鲜事物要善于感觉。

七、一切以人民利益出发，个人利益服众〔从〕大众利益。一个在旧社会过惯的人，这点非常重要。

以上七点是我从内心中向你，向一位革命同志提出的建意〔议〕，接不接受全权在你。也许你这些都早已洞察，并在实际工作中没有犯以上七种错误中之一种，但因为我还不了解你，把你（除了舅父这一资格外）当一个新的革命工作人员看待，而又极愿你进步，故冒昧地写了这一套。你如了解我的心是好的，即有语气重些，也是不会怪我的。

另：黄镉等六人来京已在安置。他们都是很好的青年，但组织上有些困难，因学期早已开始。一般的说，今后最好不要介绍人来京工作或学习，因为多了对我父亲影响不好，起码你们也应该预先写信通知我们，取得我们的同意才好。

问候舅母及黄佩心先生。

岸英　叩

12.18 北京

这是毛岸英于 1949 年 12 月 18 日，写给舅父杨开智的家书，也是对舅父之前来信的回复。

在信中，毛岸英耐心劝说舅父，提出的每条意见都发人深省，"不要孤立的办事"，"不要窝急窝火（而无当），宁少勿滥"，"自己干出来的工作要经得起批评"，"不要摆老资格"，"在工作中和日常生活中要善于团结人"，"努力学习马列主义毛泽东思想"，"一切以人民利益出发"。从这可以看出，毛岸英作为一个革命者循循善诱、耐心细致的工作态度和方法，这既是同志之间诚恳的建议，又是毛岸英的自我严格要求，反映出他作为一个共产党员的开阔胸襟与豁达胸怀。

革命战争年代的艰苦环境考验和锻炼了毛岸英，形塑了他伟大的理想和抱负，锻造了他正直善良、坦诚无私、英勇无畏的性格。1950 年，抗美援朝战争爆发。新婚不久的毛岸英请求入朝参战，后任中国人民志愿军司令部俄语翻译和秘书。1950 年 11 月 25 日上午，美空军轰炸机突然飞临志愿军司令部上空，投下凝固汽油弹。在作战室紧张工作的毛岸英，壮烈牺牲。彭德怀向毛泽东详细汇报了毛岸英牺牲的经过，并以内疚的心情检讨说："岸英和高参谋不幸牺牲，我应当承担责任，我和志司的同志们至今还很悲痛。"毛泽东听罢，一时沉默无语。他望着内心不安的彭德怀说："打仗总是要死人的嘛！中国人民志愿军已经献出了那么多指战员的生命。岸英是一个普通的战士，不要因为是我的儿子，就当成一件大事。"这是毛泽东一家为了中国人民革命事业牺牲的第六位亲人。

经毛泽东同意，毛岸英烈士和千万个志愿军烈士一样，长眠在朝鲜的国土上。1958 年 7 月 22 日，毛泽东会见苏联驻华大使尤金时曾说："共产党人死在哪里，就埋在哪里……我的儿子毛岸英死在朝鲜了。有的人说把他的尸体运回来，我说，不必，死哪埋哪吧！"

2009 年，毛岸英被评为"100 位新中国成立以来感动中国人物"。2019 年，毛岸英获"最美奋斗者"个人称号。

毛岸英墓

44 "坚决的要为人民服务到底"

（车元路致祖母和父亲，1951 年 2 月 17 日）

在晋城烈士纪念馆陈列着一块珍贵的牌匾，该牌匾长 1.42 米，宽 0.75 米，牌匾上的字迹虽然已经斑驳，但"杀敌英雄"、"车元路"几个字依然清晰可见。该牌匾向我们讲述了车元路在战场上冲锋陷阵的传奇故事。

车元路

车元路（1929—1952），山西晋城人。1946 年，参加中国人民解放军。1947 年，先后参加解放曲沃战役、运城战役。1948 年，加入中国共产党。后又参与解放临汾、晋中、太原和出征西北、西南等战役。车元路入伍以来，历任班长、排长、连长等职，先后荣立特等功两次、一等功两次、二等功一次、三等功一次。1950 年，出席全国战斗英雄大会，受到国家领导人接见，被授予"全国战斗英雄"荣誉称号。1951 年 3 月，车元路随部队入朝参战，担任中国人民志愿军第 60 军 179 师 537 团 3 营 7 连连长。1952 年 11 月 13 日，在朝鲜文登川战役中不幸牺牲，年仅 26 岁。

车元路致祖母和父亲　1951 年 2 月 17 日

祖母、父亲老大人：

　　前次寄回的信中，有拾贰万元人民币，父亲可否收到？祖母在家身体健康吗？家中生活很好吧？

　　儿在外为人民服务，一切很好，现正学习军事、政治，准备随时打击美帝侵略者，担起抗美援朝的光荣任务。我觉得对人民贡献远不够，所以，我坚决的要为人民服务到底，请父亲在家安

心生产，不必惦记。我工作、身体一切都很好。敬祝

身体健康

男元路上

二月十七日

收到信后，速来回信，家中情形务必讲明。

这是车元路于 1951 年 2 月 17 日，写给祖母和父亲的家书。

当时，车元路所在的部队即将前往朝鲜战场参战，在出发前夕他写下了这封家书。在家书中，车元路向祖母和父亲表达了最真挚的问候，亲切地询问家人的身体情况和家中的生活状况。他告诉家人，自己在部队上的生活很好，目前自己正在抓紧时间学习军事和政治知识，随时准备参加抗美援朝战争。车元路说，能够为人民服务是一件十分光荣的事情，但他认为自己为国家、为人民所做的事情还远远不够。他向家人表达了自己要为国家和人民服务到底的坚定决心，并嘱咐父亲不要太担心自己，勉励父亲安心在家生产，并期盼家人尽快给自己回信。

如今，这封信的原件保存在沈阳市抗美援朝烈士陵园。这封家书充分体现了一名共产党员在关键时刻舍小家为大家的人间大爱和心系国家、心系人民的高尚情怀，为维护国家安全和人民利益而战斗到底的崇高爱国主义精神。车元路用自己短暂的一生，为我们展示了一个保家卫国、无私无畏的英雄形象，用自己的实际行动诠释了一名共产党员"坚决的要为人民服务到底"的宗旨和信念。

45 "我报名参加了中国人民志愿军，明天就要到朝鲜去打美国佬了"

（邱少云致兄弟，1951 年 3 月 15 日）

在人民军队战史上，邱少云是个特殊的英雄。他牺牲时，没有发射一枪一弹，没有消灭一个敌人，没有炸毁一座碉堡，但他以惊人的意志力，突破了人体承受的痛苦极限，战胜烈火考验，用燃烧的生命照亮了战友通往胜利的道路，真正做到了"除了胜利一无所求、为了胜利一无所惜"。

邱少云（1931—1951），四川铜梁（今属重庆）人。1949 年，参加中国人民解放军。1951 年，参加抗美援朝战争。1952 年 10 月 11 日，在朝鲜 391 高地反击战前夕，随部队潜伏在山脚下草丛中，以待次日傍晚配合大部队进攻。12 日中午，埋伏点附近山草被敌燃烧弹击中起火，为不暴露部队埋伏点，忍受烈火焚身，卧在原地一动不动，直至壮烈牺牲，年仅 20 岁。

后来，志愿军第 15 军党委追认邱少云为中国共产党党员，中国人民志愿军总部追记特等功，授予他"中国人民志愿军一级战斗英雄"称号。

亲爱的哥哥和弟弟们：

下面告诉你们一个事：前些日子，我报名参加了中国人民志愿军，明天就要到朝鲜去打美国佬了。听我们指导员说，美国佬在朝鲜杀人放火，干尽了坏事。他们占领了我国台湾省，还想占领全中国。美国佬要是占领了我们的国家，我们就要过到●黑暗社会去。分的房子和土地又要被抢地主夺期园去。我很死了美国佬。到朝鲜後，一定要拼命打仗，不怕死。

为了让所有的受苦人都像我们家过上好日子，我死了又算得什么，我决心杀敌立功，戴着光荣荣花回来看你们。

我在朝鲜要多打美国佬，你们在家要表把分的地种好，多打些粮食，多卖些公●粮，支援说美李抗朝战争。这样●●●●●就对得起共产党，对得起毛主席！

抗美援朝，保家卫国！

邱少云

一九五一年

三月十五日

在河北内丘

邱少云致兄弟　1951 年 3 月 15 日

亲爱的哥哥和弟弟们：

你们近来好吗？我从老家到河北来，已有两个多月了，很想念乡亲们，请你们代我向乡亲们问个好。

下面告诉你们一个事：前些日子，我报名参加了中国人民志愿军，明天就要到朝鲜去打美国佬了。听我们指导员说，美国佬在朝鲜杀人放火，干尽了坏事。他们占领了我国台湾省，还想占领全中国。美国佬要是占领了我们的国家，我们就回到旧社会去，分的房子和土地又要被狗地主李炳云夺去。我恨死了美国佬，到朝鲜后一定要拼命打仗，不怕死。为了让所有的受苦人都像我们一家过上好日子，我死了又算个啥子么！

我在朝鲜要多打美国佬，你们在家里要把分的地种好，多打些粮食，多交些公粮，支援抗美援朝战争。这样才对得起共产党，对得起毛主席！

我决心杀敌立功，带着光荣花回来看你们。

抗美援朝，保家卫国！

邱少云

一九五一年三月十五日

在河北内丘

这是邱少云 1951 年 3 月 15 日赴朝作战前夕，写给哥哥邱东云和弟弟邱少全、邱少华的家书。

邱少云告诉家人，自己报名参加了中国人民志愿军，即将赴朝作战，字里行间充满了对成为光荣的中国人民志愿军战士的自豪感。抗美援朝就是保家卫国，就是保卫革命胜利果实，邱少云表示："为了让所有的受苦人都像我们一家过上好日子，我死了又算个啥子么！"体现了为祖国而战、为人民而战的坚定意志和大无畏精神。

1952 年，抗美援朝战争进入关键阶段，举国动员，热情高涨。邱少云在家书中呼吁家人积极投入支援抗美援朝的热潮中。10 月邱少云所在部队接到了"必须拿下 391 高地"的命令。这不仅是命令，更是铁的纪律！邱少云参加的 391 高地之战，是一场阵前拔点的关键之战。敌军在半山腰部署了一个加强营的兵力，是敌军炮火封锁区。唯有前出潜伏、缩短攻击距离，方能确保胜利减少伤亡。10月11日夜，邱少云随部队500余人，悄悄潜伏进入高地前的开阔蒿草地中。邱少云所在的第3班是爆破班，邱少云还是爆破班尖刀组成员，距敌人的工事仅有60米。

次日上午，敌人以机枪进行火力搜索，并出动飞机盲目向草丛发射燃烧弹。不料一颗燃烧弹落在了邱少云身边，草丛立即燃烧起来，火势蔓延烧到了邱少云的左腿。邱少云身后就是一条水沟，只要他后退几步，就势一翻，就可在泥水里将火苗扑灭。但他没有这样做，因为一旦暴露目标，作战计划就会功亏一篑。为

邱少云烈士雕像

掩护潜伏战友，为了整个战斗的胜利，邱少云强忍剧痛，始终一动未动，直至壮烈牺牲。

战后战友们发现，邱少云烈士烧焦的遗体蜷缩着，身上的军衣及胶鞋几乎全都烧光，他那块烧的仅剩巴掌大的军衣残片，无声地诉说着人民军队钢铁战士在战场上的无比坚强。

邱少云期待带着胜利回来看望自己的亲人，这一愿望虽未能实现，但小家不圆大家圆，烈士的精神永远感召着后人。70多年来，邱少云生前所在部队，一直以邱少云为榜样，激励官兵不怕牺牲、英勇战斗，接续奋战在反恐维稳、抗震救灾、国际维和的第一线，年轻的"邱少云传人"用行动告诉我们：英雄从未走远！邱少云的故事和精神在人民军队中代代相传！

2009年，邱少云被评为"100位新中国成立以来感动中国人物"。2019年，邱少云获"最美奋斗者"个人称号。